# 剣客旗本と半玉同心捕物暦 1

## 試練の初手柄

早見 俊

時代小説

二見時代小説文庫

# 剣客旗本と半玉同心《はんぎょく》捕物暦1——試練の初手柄

目次

# 第一章　半玉《はんぎょく》同心の門出

一

「行って参ります」

香取民部《かとりみんぶ》は母、佳乃《よしの》に挨拶をした。

細面《ほそおもて》の顔、細い眉に切れ長の目、鼻が高く薄い唇、人目を引くような男前でも不細工でもない。ただ、きらきらと輝く澄んだ瞳が一本気な人柄を窺わせる。歳《とし》は二十五、痩せぎすの身体を千鳥格子柄の小袖に包み、袴は穿かず、黒紋付を重ねている白衣《びゃくえ》姿は、小銀杏《こいちょう》に結った髷と共に民部が八丁堀《はっちょうぼり》同心だと示している。

「民部殿、気負わず、落ち着いてお役目を務めるのですよ」

佳乃は口元に微笑みを浮かべ語りかけた。

父健吾《けんご》は七年前に労咳《ろうがい》で亡くなった。佳乃は八丁堀同心の妻として、二人の息子の母として、時に気丈《きじょう》に時に慈愛深く民部を育ててくれた。

「では」

民部は一礼し玄関を出ようとした。

「待ちなさい」

上がり框《かまち》に正座した佳乃は両手で十手《じって》を差し出した。真鍮《しんちゅう》製銀流しの十手は兄兵部《ひょうぶ》の形見である。紫房《しぶさ》の十手を兵部は数々の手柄により、南町奉行根岸肥前守鎮衛《ねぎしひぜんのかみしずもり》から下賜《かし》された。兵部は竹内流《たけうちりゅう》十手術を修得し、南町奉行所随一の十手使いと称されてもいた。

「出仕初日から粗相《そそう》をするところでした」

民部は十手を受け取り、両手で捧げ持った。兄の魂が込められた十手は、八丁堀同心としての責任感を弥《いや》が上にも高めてくれる。

民部は十手に頭を下げてから腰に差した。

「あ……それから、こういう具合ですか」

黒紋付の裾を捲《まく》り上げて帯に挟んだ。八丁堀同心特有の巻き羽織だ。

だが、

「巻き羽織は早いですよ」

　と、佳乃に止《と》められた。

　なるほど、粋《いき》な八丁堀の旦那を象徴する巻き羽織姿になるのは早い。出仕初日から八丁堀の旦那を気取るべきではない。貫禄がないどころか小銀杏に結った髷も様《さま》になっていないのだ。

　民部は帯から裾を出し、小袖の襟元を調《ととの》えると佳乃に背を向けた。佳乃は火打石と火打金《がね》を打ち合わせた切火《きりび》で邪気《じやき》を祓《はら》い、民部の門出を送った。

　文化《ぶんか》七年（一八一〇）如月《きさらぎ》二十日、馥郁《ふくいく》と咲き誇った梅が花を散らし、満開の桜が待たれる春の朝である。


　民部は兄兵部の死により、香取家の家督を継ぎ、南町奉行所定町廻《じようまちまわ》り同心の役目を担うことになった。

　昨年の師走《しわす》二十五日、捕物出役《とりものしゆつやく》の際、兵部は盗人一味の手にかかって殉職《じゆんしよく》した。民部は三年前から蘭方医《らんぽうい》になるべく長崎《ながさき》に留学していた。兄死す、の報《しら》せを受けて帰国し、家督と同心を受け継いだのだった。

　兵部の四十九日法要と、親戚や南町奉行所への挨拶を済ませ、初出仕の日を迎えた。

まずは見習いとしての奉職である。

蘭方医への未練は残った。

蘭方医を目指すに当たり、親戚一同は反対したが、兵部だけは理解を示してくれたばかりか、長崎への留学費用も用立ててくれた。その恩は片時も忘れていない。加えて、兵部が命懸けで奉職した八丁堀同心という役目を兄の代わりに務めねば、という責任を感じ、蘭方医の道を断念したのである。

如月二十五日、両国西広小路《りょうごくにしひろこうじ》の自身番から大川《おおかわ》で溺死体が上がった、と連絡を受けた。民部は年輩の定町廻り、中村勘太郎《なかむらかんたろう》と共に自身番に向かった。

八分咲の桜が市中を彩っているが、薄曇りの空が覆い、寒《かん》が戻ったかのような冷え冷えとした朝である。

出仕して初めて遭遇する事件だ。いや、事件とは限らない。足を滑らせて落下した事故かもしれないし、身投げした自害かもしれないのだ。

落ち着け、と自分に言い聞かせながらも逸《はや》ってしまう。小走りになった民部を、

「香取……」

中村が止めた。

勢い余って前のめりになり、民部は立ち止まると振り返った。中村は急ぐこともなく平生《へいぜい》を保ったまま歩いて来る。

「急ぐな。仏《ほとけ》は逃げん」

中村は言った。

「そうですが……」

もし殺しなら、一刻も早く下手人《げしゅにん》探索に当たるべきではないか、という思いを抱《いだ》きながらも見習いの身では逆らえない。民部の心中《しんちゅう》を察したのか中村は説明を加えた。

「わしたち八丁堀同心はな、よほどの急務でない限り、市中を走り回るものじゃない。それを見た町人たちが騒ぐからな」

つまり、八丁堀同心が急いでいる姿は大事件を予感させるもので、あらぬ噂が飛び交い、人心を惑わす、ということだ。

なるほど、と納得し、

「勉強になりました。気をつけます」

民部は一礼すると、中村の調子に合わせて歩き始めた。

両国西広小路にやって来た。

両国橋の東西にある広小路は江戸で有数の盛り場だ。見世物小屋や屋台、茶店、楊《よう》弓場《きゅうば》が建ち並び、大勢の男女が行き交っている。

表通りに面した四辻に自身番があった。戸口には突棒《つくぼう》、刺股《さすまた》、袖絡《そでがらみ》という捕物三道具が置かれ、道行く者たちに無言の威圧を加えている。

自身番には昼夜町役人《ちょうやくにん》が交代で詰め、町内で起きた事故、事件を把握し、様々な届け出の管理を行っている。また、火事が発生した際には町火消の集合場所になった。

定町廻り同心は自身番に定期的に立ち寄り、各町の治安を確認する。

南北町奉行所は各々、与力《よりき》二十五騎、同心が百人、つまり合わせて二百五十人で江戸の治安、行政、防災に当たっていた。五十万人を超える町人が居住する江戸の町を、二百五十人で守ることができたのは、自身番が機能していたからである。江戸の町人地に自身番、いわゆる番屋は千箇所近く設けてあったのだ。

「中村さま、こちらです」

民部は案内に立った。

中村は、「わかっておる」と呟いた。それはそうだ。三十年に亘って定町廻りを務めている中村は、各町内の自身番を把握しているだろう。

失言をしたと悔いながら民部は腰高障子《こしだかしょうじ》を開けようとした。

すると、

「中村さま、と呼ぶのはやめてくれ。わしら、同じ役目を務める者同士だからな」

と、中村から注意を受けた。

「では……中村殿……」

「殿も尻がこそばゆくなるな。ま、中村さんでいいよ」

中村は腰高障子を開けた。

二

土間に筵《むしろ》を掛けられた溺死体が横たえられていた。

町役人が二人、民部と中村に挨拶をしてから、亡骸《なきがら》が女であると言った。両国橋の橋桁《はしげた》に引っかかっていたそうだ。両国橋より上流の何処《どこ》かで大川に転落し、溺れ死んだようだと町役人は推測を述べ立てた。

中村はうなずき、亡骸に向かう。民部も中村に従い、亡骸の脇に屈《かが》んだ。

中村が両手を合わせてから筵を取り除いた。民部も死者の冥福を祈る。

髪や着物の襟元が乱れているが、両目は閉じられており、そのせいか意外にも穏やかな死に顔である。歳の頃は四十前か、と民部は推測した。

「香取、こりゃ事件じゃないな」

中村は断じた。

「そうでしょうか」

即座に決めつけるのはよくないと思い、つい、異論めいた物言いをしてしまった。

八分咲とは言え、桜を愛《め》でる者は巷《ちまた》に溢れている。花見ができずに当番をさせられた町役人は、ただでさえ不満なのに溺死体が運び込まれて露骨に嫌な顔をしていた。

「なんだ、不満か」

異論を唱えられると思っていなかったようで、問いかけた中村の方が不満そうだ。

慌てて民部は頭を振り、

「不満とかではなく、事件ではないと決めつけるには、いささか早計《そうけい》に過ぎるのではないか、と思ったのです。間違っておりましょうか」

と、頭を下げた。

頭を下げることはない、と中村は注意をしてから、

「外傷は……」

屈んで遺骸を覗き込んだ。

民部も片膝をついて検《あらた》める。中村が顔を指差し、

「すり傷があるが、大川に落ちてから川底か杭《くい》、あるいは橋桁にぶつかった際に出来たものだろう」

つまり、何者かによって傷つけられたのではない、と中村は診立てたのだ。その点は民部も異論はなく、「そのようです」と賛同した。

民部が納得したと見たのか中村は立ち上がり、

「事件ではないということだ。身投げか足を踏み外した事故か、だな」

と、事件性と町方の関与を否定した。

それでも民部は不満が残る。腰を上げてから、

「突き飛ばされたのかもしれません」

と、殺しである可能性を言い立てた。中村は不満そうに顔を歪め、

「考えられなくはないが、考え過ぎだな」

と、いかにも屁理屈だとばかりに民部の考えを退けた。機嫌を損ねたようだ。中村の顔を立てて引き下がるべきか。いや、見習いとはいえ十手を預かる身だ、探索において妥協などしてはならない、草葉の陰《かげ》で見守ってくれる兵部に顔向けができない。

民部は形見の十手を右手でそっと撫でてから、反論しようとした。ところが、そこ《そこ》

へ医師が入って来た。南町奉行所が担当する事件の検死を頼んでいる小野寺法斎《おのでらほうさい》である。

「小野寺先生、お疲れさまです」

中村が挨拶をすると民部も腰を折り、名乗った。

「香取……」

ちらりと小野寺は中村を見た。

「香取兵部さんの弟です」

中村は説明を加えた。

小野寺は頬を綻《ほころ》ばせ、

「そうか、弟御か。兵部殿は実にご立派な同心であったな。弟御もきっと良き同心になるだろう。頑張れ」

と、励ましてくれた。

民部が礼を述べ立てると、

「香取は長崎帰りなんですよ。長崎で蘭方を学んできたんです」

中村は言い添えた。

「ほう、蘭方医を志したのか」

改めて小野寺は民部を見返した。

民部は無言でうなずく。

ここで、

「ならば、わしは町廻りを続ける。香取は小野寺先生に検死報告書を書いて頂いて奉行所に届けろ」

中村は事件ではないと決めつけているため、早々に出て行った。

「溺死体ということだな」

小野寺は言いながら、亡骸に向かった。跪《ひざまず》いて両手を合わせてから亡骸を検め始めた。

「ふ〜ん、外傷は……」

顔面にいくつかあったが、川底か杭、あるいは橋桁に引っかかった際に出来たと、小野寺は中村と同様の診立てをした。

「つまり、大川に転落してからということになる。襲われて出来た傷はなさそうだ」

という小野寺の診立てを受け、

「女の死因は」

民部は小野寺を見返した。

「両目が閉じられ、苦悶《くもん》の表情がない。ということは、川に落ちた時は意識がなかったのだ。つまり、酔って土手から滑り落ちたのだろう。泥酔《でいすい》した状態で水を飲み、息を詰まらせたのだな。花見の時節だ、珍しくはない」

小野寺は診立てた。

「身投げではないですね」

「考えられぬな」

さらりと小野寺は言ってのけた。

「事件ではない、とお考えなのですね」

「そうだが……」

反論するのか、と小野寺は目で言っていた。

「女の顔です」

「顔……」

小野寺は顔に視線を向けた。

「溺死体は醜く腫れ上がっているものですが、この女にはそれが見られない。細面のままです」

民部は指摘した。

「だから、酔っていたのだろう。さして、水を飲むことなく溺死したんじゃ。あるいは、川に落ちた時、息をしておらず、心の臓《しんぞう》が止まったのかもしれん。春とは言っても夜中は寒い。川の水はまだまだ冷たいからな。心の臓が止まったなら、水を飲み込むことはない」

嚙んで含んだように小野寺は述べ立てた。

「なるほど」

民部は受け入れたが、

「念のため、肺の腑《ふ》を確かめませぬか」

と、提案した。

「確かめるとは」

「肺の腑を開くのです」

「なんだと」

小野寺は驚きの顔をした。

「道具はあります」

民部は懐中《かいちゅう》から紐で巻かれた布の包みを取り出した。

紐を解くと布を広げた。袋に区切ってある。その中から金属製の細長い刃物を取り出した。

「蘭方でメスと申します。非常に切れ味のよい道具です。蘭方では金創《きんそう》手術に使用するのです」

淡々と民部は言い立てた。

「長崎帰りは違うな」

興味深そうに小野寺は民部の医療道具を手に取った。

「では」

民部は町役人を見ると、

「すまぬが、縁台を調達してきてくれ。近くに茶店があるな。そこで縁台を借りてくれぬか」

と、頼んだ。

「は、はい」

戸惑いながらも町役人は承知をし、外に出た。

程なくして町役人と茶店の主が縁台を運んで来た。

次いで、布切れも用意された。

女の亡骸が縁台に寝かされた。民部と小野寺が着物を剝がし、裸体となった。次いで、二人で亡骸と対峙《たいじ》した。二人とも羽織を脱ぎ、襷《たすき》を掛けている。

「では、行います」

厳《おごそ》かに民部は告げた。

小野寺は目を凝らした。

メスで民部は両の乳房の間を縦に切り裂いた。二つの肺の腑を民部はメスで開き、内部を確かめた。

「肺の腑は空《から》ですね」

民部は冷静に告げた。

「うむ」

小野寺も認めた。

「ということは、女は殺されてから大川に投げ込まれた可能性が高いのではないでしょうか」

民部は結論付けた。

「首を絞められたのか」

小野寺は女の首を覗き込んだ。しばし、凝視した後、

「咽喉仏《のどぼとけ》の辺り、ほんの僅かながらに痕跡《こんせき》があるな」

と、民部を見上げた。

民部も咽喉仏に痕跡を認めた。

澄んだ瞳がくりくりとした輝きを放つ。

「小野寺先生、検死報告書をお願い致します」

民部が頼むと、

「よかろう」

小野寺は引き受けた。


昼九つ半、民部は南町奉行所に戻ると同心詰所に顔を出した。

詰所は表門である長屋門を入って右手にある平屋で、中は土間に縁台が並べられただけの殺風景な空間だ。それでも、定町廻りや臨時廻りの同心の情報交換の場であり、雑談を交わす憩いの場ともなっている。

筆頭同心の風間惣之助《かざまそうのすけ》が待っていた。

五十路《いそじ》に入った風間は定町廻り、臨時廻りのまとめ役とあって練達《れんたつ》の同心だ。恰幅《かっぷく》がよく、丸い顔に細い目に団子鼻と、いかにも人が好さげであるが同心たちを束ねているだけあって、表情が引き締まると眼光が鋭くなる。

「大川の溺死体の一件だな」

風間は言った。

世間話のような口調だが、目は凝らされている。緊張しつつも、

「小野寺先生の検死報告を持参致しました」

民部は報告書を風間に手渡した。

「ご苦労」

風間は報告書を広げた。

しばし、目を通してから、

「殺し……」

と、意外そうな顔を民部に向けた。

民部が説明を加えようとしたところで中村が戻って来た。風間は中村の顔を見るなり、

「中村、殺しだそうではないか」

と、不満そうに語りかけた。

「殺し……そんなはずは」

首を傾《かし》げる中村に風間は小野寺の検死報告書を見せた。中村は険しい顔で報告書を読み始めた。

「殺しか」

中村は絶句した。

「となると、下手人探索だな」

風間は淡々と言った。

それを受け、

「香取、早々に女の身元を確かめろ」

苛立《いらだ》たし気に中村は民部に命じた。

「わかりました」

初めて手掛ける事件が殺しとは、民部には荷が勝ち過ぎるのだが、そんなことは言っていられない。

身が引き締まる思いだ。

三

八丁堀の組屋敷に戻った。

「ただ今、戻りました」

民部が挨拶をすると母、佳乃が出迎えた。

民部は一礼してから、まずは仏間に入った。父と兄の位牌《いはい》に両手を合わせる。

「父上、兄上、わたしは殺しの探索を行うことになりました。半玉《はんぎょく》、半人前のわたしが殺しの探索を行うのです」

と、今日の報告をした。

半玉とは、まだ一人前として扱われず、玉代《ぎょくだい》も半人分である芸者のこと。

父も兄も担ってきた役目だ。見習いとはいえ定町廻りとなったからには、逃げられるものではない。父と兄の墓前には八丁堀同心として生きてゆく決意を伝えてある。役目を担って早々に逃げ腰になってはならない。

居間で、佳乃が食膳を調えてくれた。

箸をつける前に、

民部は殺しの探索を行うことになった一件を話した。佳乃から激励の言葉がかけられると期待したが、

「無理をしてはなりませぬ」

意外にも佳乃は労《いた》わりの言葉を発した。

母の気遣いに感謝しつつも、

「父や兄の名を穢《けが》すことなく、励みたいと存じます」

言葉に力を込めて返す。

「そなたは生真面目ですからね、その真面目さが空回りをしなければよいのですが……決して自分一人で背負い込まず、上役や朋輩《ほうばい》のみなさま方に辞を低くして教えを請うのですよ。繰り返しますが、自分の考えで突き進んだり、思うように事が運ばなかったり、しくじったら一人で抱え込んで思い悩んではなりません。たとえ、一年、二年、務めようが、一人前になれはしないのです。ましてや、兄兵部を超えようなどと意気込まないことです」

心配そうに佳乃は言い添えた。

父や兄のような同心になろうと意気込んでいただけに、佳乃の言葉には水を差され
「母上」

たようだ。取りようによっては民部を見下《みくだ》している。

もちろん、佳乃に悪気などあるはずはなく、あくまで民部を思ってのことだとはわかる。それでも、子供相手のような説教には閉口《へいこう》した。それとも、佳乃には、民部が八丁堀同心を続けることに何か大きな危惧があるのだろうか。

そうか、佳乃の頭には兵部の殉職があるのだ。八丁堀同心としての役目に邁進する余り、兵部のように命を落として欲しくはない、という母心だろう。

言葉を返さない民部を見て、

「兵部のようになってもらいたくはないのです」

曇り顔で佳乃は本音を吐露《とろ》した。

案《あん》の定《じょう》であった。

それでも、佳乃のあまりにも悲壮な顔に戸惑った。

佳乃は続けた。

「兵部は大変に優れ、尚且つ立派な同心でした。母の欲目ではない、と思います」

ここで民部は抗《あらが》うように言い返した。

「それゆえ、兄上の名前を穢すことはできないのです。兄上はわたしの長崎留学に必要な費用を支払ってくださったのです。わたしは、兄上の恩にも報いなければなりません。兄上を超えようなどという、大それた考えなど抱いておりません。ですが、兄上に一歩でも近づこうと努《つと》めることが恩返しになると信じております。恩返しばかりか一人前の八丁堀同心になることができるとも思います」

想いを民部は言葉に込めた。

「そなたの気持ちはよくわかります。ですが、わたくしは心配なのです」

佳乃の眉間《みけん》に影が差した。

「母上、何もわたしは暴れ馬のように暴走しようというのではないのです」

「そなたは賢い。それゆえ、感情に流されることなどないのかもしれません。しかし、真面目であればある程、役目に忠実であればある程、兵部への義理を感じれば感じる程、周りが見えなくなるものです」

懇々《こんこん》と佳乃は言って聞かせるような物言いとなった。

「そんなことはありません」

つい、反発して民部は首を傾げた。

「兵部はそうでした」

おもむろに佳乃は言った。

「兄が……」

「そうです」

「どういうことですか」

民部は踏み込んだ。

「それはわたくしの口からは申せません」

「どうしてですか」

「兵部を穢すことになるからです」

静かに佳乃は返した。

「わかりません、それでは、さっぱりわかりません。母上はわたしを惑わせておいでだ」

民部はより一層の疑念に駆られてしまった。佳乃は民部の目を見据え軽く頭を下げてから、続けた。

「申し訳ありません。こんな曖昧《あいまい》な言い方をして……そなたが申したようにそなたを惑わせることになってしまいましたね」

「その通りです」

つい、昂《たかぶ》った気持ちを佳乃にぶつけてしまった。

「ですが、曖昧な物言いしかできないのです。本当に……すみませぬ」

もう一度、佳乃はお辞儀をした。

「母上、腹に一物《いちもつ》を持っておられるのなら、打ち明けてください。もし、そのことで母上が苦しんでおられるのなら、話すことで多少なりとも楽になりましょう。また、母上のお気持ちの一部なりとも、わたしが負うことができましょう」

民部は訴えかけた。

「そのようなこと……」

尚も佳乃は躊躇《ためら》ってから声を大きくして返した。

「わたくしは、そなたを巻き込みたくはない」

「親子じゃありませんか」

民部は半身を乗り出した。

佳乃は気圧《けお》されたように口をつぐんだ後、

「冷めないうちに、召し上がりなされ」

と、食膳を見た。

「はい、いただきます」

民部は両手を合わせた。

「どうぞ」

佳乃は笑顔を浮かべた。

それはいかにも取り繕ったかのような笑みである。きっと、母も苦悩をしているのだろう。それは、一体、何なのか、益々、民部の疑念と危惧は深まった。

「美味しゅうございます」

里芋の煮付を食べて民部は言った。それは、表裏のない、本音であった。

「ようございました」

佳乃は返した。

民部はにっこり微笑んだが、頭の中は殺しと民部に対する佳乃の心配で一杯になった。

民部には蘭方医になることを断念した悔いが残っていた。長崎に留学までして得た蘭方の知識が無駄になったという、なんとも知れない喪失感に包まれたこともあった。

しかし、今日、蘭方の知識が八丁堀同心の役に立った。今回に限らず、今後も活用する場面に直面するだろう。

それに蘭方、漢方を問わず、医療は人の役に立つのだ。診療所を開くことはないにしても、困った人々を助けよう。

佳乃の心配を余所《よそ》に民部は俄然、やる気になった。

# 四

明くる二十六日、女の身元が判明した。柳橋《やなぎばし》の船宿夕霧《ゆうぎり》の女将《おかみ》、お光《みつ》であった。殺しの探索が始まる。

同心たちは、

「香取兵部の弟だ、必ずできる」

とか、

「兵部の血筋だ。立派に御用を務めるだろうよ」

などという期待と兄兵部を称《たた》える声をかけてくれる。しかし、どこか違和感がある。そこにはよそよそしさが感じられるのだ。

民部が蘭方医を目指していたという変わり種のせいで馴染《なじ》んでくれないのか、理屈っぽいと敬遠《けいえん》されているのか、と考えたがどうもそうではないようだ。

同心詰所で何人かの同心が和《なご》やかにやり取りをしている中、溶け込もうとして民部も加わろうとすると話をやめ、散ってゆく。

疎外《そがい》されているのだ。

嫌われているのだろうが、自分の何がいけないのだろうか、嫌われる覚えはない。嫌われる程、みなと親しんではいない、ろくに言葉も交わしていないのだ。中村とのやり取りにしても、役目上の範囲である。

もっとも、気付いていないだけで、自分には嫌な面があるのかもしれない。ともかく、今回の殺しの探索で下手人を挙げ、朋輩たちに認められよう。

中村勘太郎と手分けをして聞き込みを行うことになった。中村は夕霧の周辺を聞き込む。手慣れた中村は不特定の人間に話を訊くことに長《た》けている、という風間の判断からだ。

自分を励まし、民部は柳橋の船宿夕霧にやって来た。今日も曇天《どんてん》模様で風は湿っている。昼には雨が降ってきそうだ。

お光に身内はおらず、二人の船頭と一人の女中が亡骸を引き取り、今夜に通夜《つや》を行うそうだ。

通夜は近所の者たちが手伝ってくれるという。

「忙しい中だが、話を聞かせてくれ」

民部は三人に声をかけた。

二人の船頭のうち、若い男はつい三日前に雇われたそうで、お光とはろくに言葉も交わさなかったそうだ。

年輩の船頭は常吉《つねきち》といい、夕霧に勤めて五年だという。もう一人はお里《さと》という女中であった。

「五年といいますとね、女将さんが夕霧を営み出した頃なんですよ」

常吉は言った。

「お光はどういうきっかけで夕霧を営み始めたのだ」

民部はまずお光という女を知ろうと思った。

「船宿を営む以前の女将さんについては、よく存じませんね」

生真面目な顔で常吉は答えた。

「歳はいくつだった」

「ありゃ、四十過ぎか」

常吉が言うと、

「三十七ですよ」

お里が訂正した。

「お里ちゃん、よく知っているな。以前、客から問われて、女に歳を訊くもんじゃないですよって、不愉快そうに言っていたぞ」

常吉は首を捻った。

お里によると、掃除をしていた時、お光は腰を痛めて、

「あたしゃ、もう歳だよ」

と愚痴《ぐち》を言って、三十七だと打ち明けたそうだ。

「すると、三十二で船宿の女将になったということか」

民部が確かめると、

「以前は柳橋でお座敷に出ていたそうですよ」

お里はお光が芸者だったと言い添えた。女同士の気安さで教えてくれたようだ。

「芸者で金を貯めて船宿の株を買ったということか」

民部は何度かうなずいた。

次いで、

「恨みを買うようなことはなかったのか」

と、常吉とお里の顔を交互に見た。

「さあ、どうかな」

常吉は首を捻った。お里も心当たりがないのか黙っている。

「優しかったか」

問いかけてから漠然《ばくぜん》とした問いかけで、後悔をした。

「まあ、そうですね、人は死んでしまったら仏さんですからね」

常吉は奥歯に物が挟まったような物言いをした。お里はうつむいている。その横顔は険しく、どうやら、お光に対してあまりいい感情は抱いていないようだ。

「死人に鞭を打つような物言いはしたくなかろうが、お光を殺した下手人を挙げるのは何よりの供養になるんだ。今のままでは、お光は浮かばれない。冥途《めいど》に辿り着けず、この世とあの世を彷徨《さまよ》っておるだろうよ」

二人の口を開かせようと民部は言った。

常吉はお里と顔を見合わせた。

それでも、お里は口を閉ざし、常吉に視線を向けた。常吉の口から語って欲しいようだ。お里の気持ちは常吉に伝わり、

「こりゃ、あっしも悪いんですがね」

と、前置きをした。

民部は静かにうなずく。

「女将さん、いつもあっしに舟での客のやり取りをよく聞いておくようにって言ってましたね。それで、どんな話をしていたのか知りたがっていましたよ」

「どういうことだ……」

「特に男と女……その、なんていいますかね、夫婦《めおと》ではない、深い仲の男女の客を乗せた場合、その素性《すじょう》を突き止めたら、そりゃもう褒められましてね」

その場合は駄賃《だちん》をくれたそうだ。

民部はちらっとお里を見た。

常吉が話してくれたため、気が楽になったようで、

「お茶をお客に持ってゆく際には、不義密通《ふぎみつつう》と勘繰られる男と女をよくお世話するように頼まれました」

お里も証言をした。

「ということは、お光は男と女の弱味を握ろうとしたのか」

民部が確かめると、

「そうですよ」

常吉は認《ゆす》めた。

「強請るためか」

ため息混じりに民部は問いかけた。

「そうだと思いますよ」

常吉はその片棒を担いだんだと、自嘲《じちょう》気味な笑みを浮かべた。

「すると、下手人は強請られた者の一人かもしれないな」

民部は言った。

常吉とお里は黙っている。

やがて、お里が、

「あの……」

と、いかにもおどおどと口を開いた。

民部は黙って見返す。

「実は、お侍さまがいらしたんです」

お里は言った。

「どのような侍だ」

手がかりかもしれない、と胸が高鳴った。

「身形《みなり》がご立派でした」

としかわからないと、お里は申し訳なさそうに頭を下げた。

常吉が、

「船遊びはなさいませんでしたね」

と、言い添えた。

「すると、その侍は何をしていたんだ」

「女の方と逢引きをなさっていましたね」

お里が答えた。

「なるほど……どんな女であった」

「御高祖頭巾《おこそずきん》を被っておられました。たぶん、お武家のご妻女だったと思います」

記憶の糸を手繰《たぐ》るように、お里は斜め上を見上げながら述べ立てた。

「なるほど」

民部は考えた。

「あの……女将さんは殺されたんでしょうか。足を踏み外して大川に落ちてしまったんじゃないんですか」

恐怖が募ったのか、お里は身をすくめた。

「殺しの疑いが濃い」

民部は打ち明けた。

「まあ、恐い」

お里は身震いした。

対して、

「いつか、こうなる気がしましたよ」

常吉は冷めた口調で本音を吐露した。

「ここ数日で何か気付いたことがあるか」

民部が確かめると、

「普段と変わらないようでしたがね」

と、常吉はお里に同意を求めた。

しかし、お里は、

「気のせいかもしれませんけど、普段よりも優しかったような気がします」

と、思いもかけない証言をした。思わず半身を乗り出し、お里を威圧してしまいそうになる。慌てて自分を戒《いまし》め、腰を落ち着けると極力声の調子を穏やかにして、詳しく話すよう求めた。

お里によると、階段掃除をしていた時、いつもなら、口やかましく、重箱の隅をつつくような細かさで注意と叱責を加えるのだが、

「掃除を誉めてくださいました。そのうえ、今川焼までくれたんです」

お里は驚いたそうだ。

「よほど、良いことがあって機嫌が良かったのだな」

民部が言うと、

「そうだと思います」

お里は首を縦に振った。

常吉も、

「そういやあ、あっしにも蕎麦《そば》でも食べろって、給金とは別に小遣いをくれましたよ」

と、言い添えた。

お光は上機嫌だった。

良いことがあった、あるいは、ある予定だったのだ。

それは何か。

強請《ゆすり》がうまくいったのではないか。

まとまった金が手に入ったか入ることになったのだろう。とすると、相手は金を払う余裕のある客であるに違いない。

「今川焼や小遣いをくれたのはいつだ。武家の男女の客が帰ってからか」

おそらくは、そうだと返されると思ったが、

「いいえ、その前です。それで、今川焼を女将さんの分も買ってくるようにって、お使いに出されました。ついでに、今川焼以外にお酒やお米も買ってくるようにって頼まれました」

お里は答えた。

お光はお里を船宿から遠ざけたのだろう。常吉は船着き場にいるため、邪魔にはならない。お里を遠ざけておいて武家の男女から強請った金を受け取ろうとしたのではないか。

「それで、帰った時のお光の様子はどうだった」

民部は確かめた。

「それが……女将さんはお留守で……それで、それきり帰って来なくて……」

つかえながらお里は話した。

お光は何処かに出かけ、大川に溺死体となって発見されたのだった。

武家の男女に誘い出されたのではないか。

お光を殺して大川に落としたのは武家の男女、おそらくは男の方だろう。言葉巧み

に連れ出し、何処かの料理屋で飲み食いをさせたのではないか。その後、殺して大川に突き落としたに違いない。

## 五

奉行所に戻り、筆頭同心の風間惣之助に報告をした。興奮を抑え切れず、声を上《うわ》ずらせながら怪しい侍が容疑者として浮上したことを話した。

「おそらくは、その侍が女と逢瀬《おうせ》を楽しむのをお光が強請ったのだと思います」

民部は断じた。

風間は無表情で黙り込んでいる。

そこへ、中村が戻って来た。

中村は船宿の周辺でお光について聞き込みをしてきたのだった。

風間は中村に報告を求めた。

「お光という女、悪評に満ち溢れておりますな」

民部の報告を裏付けるものだった。

「お光を殺したのは侍です」

民部は断じた。

風間は中村を見た。

「それは、早計ではないのか」

中村は言った。

船宿に当たったのは自分で、中村はお里や常吉の話を聞いていないのに、頭ごなしに否定され、不満を通り越して怒りを感じた。中村さんもお里と常吉から話を聞けば、侍が下手人だと思います、と内心でぼやいた。

中村に反論しようとしたが佳乃の心配が思い出された。

上役、朋輩のみなさんには辞を低くして教えを請うのだと、民部は自分を諭してから語りかけた。

「もちろん、決めつけられませんが、追う価値はあると思います」

民部は常吉とお里から得た話を報告した。

それでも、

「それだけで武家を下手人と断定はできんな。想像に想像を重ねただけだ」

けんもほろろに中村は否定した。

「確かにわたしの想像が加わっております。ですが、推量するに足る証言ではないでしょうか。お光は武家の男女を客として応対してから姿を消したのですから」

　こみ上げる不満を呑み込んで民部は言った。敢《あ》えて、推量という言い方をした。

「お光が侍と一緒に船宿を出たとは限らんじゃないか。お里や常吉に何処へ行くとも告げずに出かけたんだ。侍と一緒に行くのなら、常吉に言い残したはずだ」

　淡々と中村は反論した。

「強請っていたことを常吉に知られたくはなかったからではないでしょうか」

「だから、それは、そなたの想像だろう」

　中村は顔をしかめた。

「想像ですが、その侍を追いかける必要があるのではないでしょうか」

　丁寧に、中村の不快を誘わないように言った。

「侍なら斬るだろう。川に落とすような面倒はせん」

　中村は認めない。

「そうとは限りませぬ。お光は溺れたのだと思わせるために刀は使わなかったと存じます」

「それは、理屈だがな」

　自信が揺らいだのか中村の口調は曖昧になった。

口を挟まず民部と中村のやり取りを見守っている風間の顔は浮かない。嫌な予感がした。

「侍相手では色々と障害があるな」

風間は言った。

「大名家の藩士とは考えにくいと思います。夕霧で逢瀬を楽しんだのは先日が初めてではない、と思います。お光は強請ろうと狙っていたのですから。大名家の御家中であれば、そうそう頻繁に藩邸を出て船宿なんぞで逢瀬を楽しめないですよね。となりますと、侍は直参旗本……」

民部は推量した。

「だから、まずいだろう」

中村が口を挟んだ。

「旗本屋敷に踏み込むことはできませんが、密かに調べることはできるのではありませんか」

民部は主張した。

「それは、そうだがな」

中村は持て余したような顔になった。風間も、

「わかった。香取は引き続き、その旗本、いや、侍を追え。但し、素性がわかった段階で必ず報せよ」

風間は念押しをした。

「承知しました」

「くどいようじゃが、侍の素性を探り当てたとしても、そなたの一存で接触してはならぬぞ」

風間はくどいくらいに言葉を重ねた。

「承知しました」

不満を顔には出さずに民部は繰り返した。

「さて、帰るか」

中村は同心詰所を出ようとした。

「一緒に帰りましょう」

民部は申し出た。

中村とじっくりと話をするよい機会に思えたのだ。それに、中村の意見に反論ばかりして、気が差した。ご機嫌を取って媚《こ》びることは必要ないが、辞を低くして教えを請う姿勢は続けなければならない。

ところが、

「あいにくだが、寄り道をするのでな」

すげなく中村は民部を袖にした。

「では、またの機会に」

民部は引き下がった。

では、と風間に向いた。

風間は視線をそらした。

「よろしかったら、一杯」

民部が誘うと、

「行きたいのだがな、これから与力殿と打ち合わせがあるのだ」

と、断られた。

自分は嫌われている。間違いない。しかし、どうしてだ。

どっと疲労が押し寄せる中、民部は八丁堀の組屋敷へと帰途《きと》についた。いよいよ満開に近づいた桜が、塞《ふさ》いだ気持ちを和ませてくれる。

楓橋《もみじばし》までやって来た。

この橋を渡れば八丁堀同心や与力の組屋敷が軒《のき》を連ねている。その時、黒ずんだ夕空から雨が降り出した。頬から首筋に流れ落ちた冷たい雨に閉口し、組屋敷まで駆けようかと思っていると、橋の袂《たもと》にある縄暖簾《なわのれん》が目に入った。

そうだ、長崎に留学する前に兵部に連れられて飲み食いをした。場所柄、南北町奉行所の与力、同心が飲み食いをしているせいであろう、性質《たち》の悪い酔っ払いや荒くれ者などはいない。

それほど酒は強くはないし、晩酌を欠かさないということもないが、雨宿りを兼ねて足を踏み入れたくなった。

豆腐の田楽《でんがく》が美味かったな、と思いながら足を向けた。腰高障子には羽衣《はごろも》という屋号と羽衣を身に着けた天女の絵が描いてある。

民部は腰高障子を開けた。

「いらっしゃいまし」

娘の声が返された。

そうだ、羽衣は母親と娘が営んでいるのだ。父親は何年か前、病で亡くなったとか。

「どうぞ」

娘に導かれ入れ込みの座敷に上がった。店内は半分程が客で占められている。衝立《ついたて》で区切られた一角に民部は座った。

「酒と豆腐の田楽を」

注文を終えてから店内を見回した。身形からして、南北町奉行所の同心らしき者たちが何人かいる。南町奉行所の定町廻りや臨時廻りはいないようだ。

いや……。

中村がいる。

座敷の隅で、こちらに背を向け、一人で飲んでいた。空のちろりを娘に向け、

「お志乃《しの》ちゃん、熱いの、お代わり」

と、気さくに頼んだ。

すると、そこへ侍の一団が入って来た。羽織袴を身に着けた身形のよさ、おそらくはこの界隈《かいわい》の大名屋敷の家臣たちであろう。

彼らも酒や肴を次々と頼む。

たちまち、お志乃は忙しくなった。それでも、民部の酒を届けてくれた。

「中村さん、ちょいと待ってくださいね」

お志乃は声をかけてゆく。

「ああ、構わないよ」

中村は受け入れたが、暇を持て余すように空になった猪口《ちょこ》を弄《もてあそ》んだ。

民部はちろりと猪口を持つと中村の横に座り、

「代わりが届くまで繋ぎにいかがですか」

と、ちろりを向けた。

中村は民部を見返し、口を半開きにした。

「どうぞ」

民部はもう一度、勧めた。

中村は、「すまんな」と小声で言ってから猪口で民部の酌を受けた。民部は手酌で自分の猪口を満たす。

中村は無言で飲んだ。

すかさず、お酌をしようとするのを制し、中村は自分で満たした。

しばらく、無言で飲んでいると、

「あら……」

お志乃は味噌田楽とちろりを手に民部が中村と一緒にいるのに戸惑いを示した。

中村が、

「香取兵部さんの弟だ」

と、民部を紹介した。

「まあ、そうでしたか」

お志乃は懐かしそうに目をぱちくりとさせた。それから、民部と中村はごく自然に酒を酌み交わした。

程なくして土鍋が運ばれて来た。

熱々の湯気が立ち上り、出汁《だし》が香り立っている。

「大根と油揚げだけを煮込んだ鍋だ。安上がりで腹の足しになる」

中村は、食えと勧めてくれた。

民部は小鉢に輪切りにされた大根と短冊《たんざく》のように刻まれた油揚げ、それに出汁をよそった。

「好みに応じて使え」

小さな瓢簞《ひょうたん》に入った七味唐辛子《しちみとうがらし》を中村は寄越した。民部は頭を下げ、大根に息を吹きかけながら口に入れた。甘辛い出汁が染み込み、柔らかな食感だ。醬油と酒、味醂、それに羽衣秘伝の出汁で煮込んである、と中村が教えてくれた。

根は親切な男なのかもしれない。

身も心も温まった。

世間話が続き、ふと話の継ぎ穂を失くし、何となく気まずい空気が流れた。

「中村さん、気になることがあるのです」

思い切って民部は切り出した。

中村は身構えた。

おそらくは、民部から問いかけられると思っていたのだろう。

「わたしは、みなさんから嫌われておるようです」

民部は言った。

「そんなことはあるまい」

笑って中村は誤魔化そうとしたが、

「どうしてですか。わたしが何か不愉快な思いをさせたのですか」

構わず民部は問いかけた。

「いや、おまえは、実に生真面目だとわしもみなも思っておるさ」

中村は言った。

「では、どうして、仲間外れにされるのですか。気のせいではないと存じます。わたしは、避けられておるのです。実際、中村さんだって、わたしの誘いに乗ってくださいませんでした」

酔いが回っているせいで、つい、遠慮会釈のない物言いになってしまった。

「ここに立ち寄るつもりだったんだ」

苦しい言い訳を中村は言った。

「中村さん、腹を割ってください」

民部は言った。

「わしは本音しか言わぬ」

中村も酔っ払い、目が据わった。

「なら、お話しください」

民部は言った。

「よし」

中村はごくりと猪口の酒を飲み干した。

「承《うけたまわ》ります」

民部は居住まいを正した。

# 六

兵部は仕事のできる名同心であったが悪い評判もあったそうだ。博徒《ばくと》、やくざ者、商人から袖の下を受け取っていた。八丁堀同心の役得としてそうした行為は概《おおむ》ね行われているが、兵部は度が過ぎていたという。

殉職した盗賊捕縛も別の盗賊を見逃す代償として隠れ家を聞き出して捕物に当たった、という噂があるそうだ。

中村は、兵部さんは誠実で真っ正直な人だった、という噂を信じないそうだ。しかし、名同心の評判を取り、奉行から何度も感状を与えられた兵部へのやっかみを抱く者は多く、死者に鞭打つような言動、弟民部を疎外する行為を繰り返している。

長い物に巻かれている自分が情けない、と中村は涙ぐみ、民部に詫びる。

兵部が悪徳同心だとは信じられないが、民部の長崎留学費用はひょっとして袖の下であったのか、あるいは蘭方医に成りたいという民部の夢を叶えるために過剰な袖の下を受け取っていたのか。

民部は深いわだかまりを抱く。

「おれは、兵部さんに世話になった。それなのに、兵部さんの陰口を叩いている連中に同調している。まったく、なっておらぬよ」

中村は泣き上戸《じょうご》であるようだ。

「中村さん、ご自分を責めないでください」

言葉に力が入らない。

兵部への疑念が心の鏡を曇らせているのだ。

中村と別れ、自宅に戻った。

「母上、食事は済ませてまいりました」

民部が言うと、

「では、お茶でも」

佳乃はお茶を淹れてくれた。仏間に入り、位牌に両手を合わせる。

「兄上……」

語りかけてから、中村に聞いた話を問いかけた。

もちろん、兵部は何も答えてはくれない。

居間に戻り、佳乃が淹れてくれたお茶を飲んだ。

「兄上ですが……」

漠然と佳乃に兵部について問いかけようとしたが、具体的にどのように訊けばよいのか、迷ってしまい、言葉足らずとなってしまった。

「兵部がどうしたのです」

佳乃に問い直され、

「いえ、何でもありません」

つい、妙な言い訳をしてしまった。

「そんなことはないでしょう。はっきりと申しなさい」

佳乃に言われ、

「兄上は立派な八丁堀同心だと思います。ですが、一方で良からぬ噂も聞くのです。むろん、わたしは兄上が誠実無二、他人から後ろ指差されるような悪事とは無縁であった、と信じています」

民部は言った。

佳乃は冷めた表情で、

「兵部のことを信じているのでしたら、母に確かめることはないでしょう」

もっともだ。

語るに落ちる、とはこのことだ。

佳乃の耳にも兵部の悪評は届いているだろう。しかし、佳乃は微塵《みじん》も揺らいでいない。

母の強さか。絆《きずな》の太さか。

佳乃の毅然《きぜん》とした態度に民部は恥じ入ってしまった。

そうだ。

兵部は誠実無比、道義を守る人だったのだ。

改めて民部は兵部への信頼を強めた。

そして、弟として兵部の悪評の根源を明らかにしなければならないという使命感を抱いた。

「母上、ありがとうございます」

胸の中がすっとした。

佳乃は微笑んだ。

# 七

翌日は非番であった。

民部は剣術道場にやって来た。神田《かんだ》お玉《たま》が池《いけ》にある中西派《なかにしは》一刀流《いっとうりゅう》瀬尾全朴《せおぜんぼく》道場だ。

八丁堀の道場に通わないのは、同僚朋輩を避けているのだ。

正直、民部は剣の腕はからっきしである。蘭方医になることしか考えていなかった。そのため、剣は真似事程度にしか学んでいないのだ。

その辺のところに、民部をして半人前だの半玉だのと馬鹿にされている一端《いったん》があるのだ。

民部自身、これでいいわけがないとは自覚しており、ここならばと選んだのが瀬尾道場であった。選んだのは、兵部も通ったことがあったからだ。兵部は八丁堀の道場とは別に瀬尾道場でも何度か稽古をしたそうだ。

中西派一刀流は防具を身に着けての竹刀《しない》での稽古という流派である。このため、木刀を用いる型を中心とした流派とは違い、実戦を想定した打ち合いを中心とした稽古だ。捕物の役に立つだろうと通い始めたのだ。

また、防具着用の稽古ということで門人は武士ばかりか剣術好きの町人たちも稽古に励んでいる。

民部は紺の道着に防具を身に着け、道場で素振りを行った。

門人たちも黙々と竹刀を振るっている。見所《けんぞ》には師範代船岡虎之介《ふなおかとらのすけ》が腕枕で寝そべっていた。

この不遜《ふそん》な態度の虎之介は三河《みかわ》以来の名門旗本だそうだ。石高は五百石、小普請組、すなわち非役である。

師範代を任されている程だから、腕は立つのだろうが稽古の間中、寝そべったり、暇を持て余すように道場を歩き回りはするが、民部は虎之介が竹刀を振るう姿を見たことがない。

ただ、名は体《たい》を表す、の言葉通り、時折、虎のように鋭い眼光を放つ。

目をそむけたくなる程の威圧感がある。

それ程の長身ではないが道着の上からでもわかる屈強《くっきょう》な身体、浅黒く日焼けした顔は苦《にが》み走った男前だ。道場から程近くに屋敷を構え、歳は三十五と聞いている。二年前、妻に先立たれ、子供もいない。両親も他界しており、天涯孤独の身だと虎之介自身が言っていた。

しかし、悲壮感のかけらもなく、休憩時間には門人たちと快活に雑談を交わし、時に耳を塞ぎたくなるような下世話《げせわ》な色話をして爆笑を誘っている。

寂しさを紛らわしているのか、弱味を見せない武芸者の強がりなのか、あるいは根っから陽気な性質なのか、民部にはわからない。

不思議なお方である。

ただ、決して不愉快な気持ちにはならない。それどころか、偶《たま》に声をかけられると何故かうれしくなる。

すると、

「頼もう」

と、玄関で大きな声が聞こえた。

新参者《しんざんもの》の民部が玄関に向かった。

髭《ひげ》にまみれた顔で、一見して浪人と思《おぼ》しき侍が立っている。さては、道場破《やぶ》りかと身構えると、

「道場主、瀬尾全朴先生に一手御指南願いたい」

案の定、道場破りの常套句《じょうとうく》を発した。

「あいにく、瀬尾先生は不在でござる」

民部は言った。

「ならば、師範代殿にお願いしたい」

浪人は言った。

追い返すべきか。

こうした場合、面倒沙汰にならないよう、路銀《ろぎん》を渡して引き取ってもらうのが普通だ。しかし、そうするにしても民部の一存で決めるわけにはいかない。

それに……。

虎之介の対応に興味がある。

虎之介はどうするだろう。路銀を渡して事を穏便《おんびん》に済ませるだろうか。

それが興味深い。

「少々、お待ちくだされ」

民部は言った。

道場に戻り、民部は見所で横になっている虎之介の側に立った。

「師範代殿」

呼びかけると船岡は半身を起こし、民部を見上げた。

「師範代殿に御指南願いたい、という……」

　ここまで言った時、

「道場破りか」

　虎之介はにんまりとした。

「いかが致しましょうか」

　民部は問いかけた。

「どうせ暇だしな。腹ごなしにもなるだろう」

　受けて立つ気のようだ。

「では、通します」

　民部が玄関に戻ろうとしたが、

「新入り……ええっと」

　虎之介に問われ、

「香取民部と申します」

　民部は一礼した。

「まず、香取が相手になれ」

　虎之介は立ち上がった。

「は、はい……ですが、わたしは未熟者で、その……道場の名を穢すようなことになってしまっては申し訳なく……」

言い訳めいたことを民部は並べ立ててしまった。

すると、

「未熟者にはな、道場破りとの立ち合いは何よりの稽古だ」

船岡は言い、民部を促した。

「承知しました」

民部は玄関に向かった。

玄関の上がり框に立ち、

「ええっと、貴殿……」

そう言えば、相手の名前を確かめていない。浪人も本気で手合わせをする気がないのか、自らを名乗らなかった。

しかし、ここに至り、

「上州《じょうしゅう》浪人《ろうにん》須田大三郎《すだだいざぶろう》でござる」

須田は名乗った。

胸を反《そ》らしているのは自信があるのか虚勢を張っているのか判断がつかない。

「どうぞお上がりください」

民部は言った。

須田は意外そうに目をしばたたいた後、

「かたじけない」

と、返事をしたものの不安そうにうつむいた。

「では、身支度を」

民部は控えの間に案内した。

防具と竹刀を民部は須田に渡した。

道場に戻ると門人たちが板壁を背負って、両側に正座をしていた。民部を見て、

「新入りの香取民部が、道場破りに来た浪人と手合わせをする。みな、心して見学致せ」

虎之介は言った。

弥が上にも民部の胸に緊張が走った。

程なくして道着と防具に身を包んだ須田がやって来た。竹刀を何度か素振りをする。

その様子は一角《ひとかど》の剣客《けんかく》であることを物語っている。

道場破りは決してはったりではないようだ。

それがわかり、民部は膝が震えた。慌てて、すり足で道場の真ん中に向かった。

須田も真ん中に立った。

船岡が、

「始めよ」

静かに告げた。

民部は竹刀を正眼に構えた。

「いざ」

己に気合いを入れる。

須田は下段に構えた。

いや、構えたというよりは竹刀を構えず、だらりと下げたままだった。

自分を舐《な》めているのか、やる気がないのか。

民部は間合いを詰め、須田の胴を狙った。

が、軽く避けられてしまった。大きく身体の均衡《きんこう》を崩し、民部は転倒しそうになった。

門人たちから失笑が漏れる。
恥ずかしさと悔しさでかっとなり、頬が熱くなった。
「おのれ」
かっとなる自分を、落ち着けとたしなめる。
民部は竹刀を八双《はっそう》に構え直す。
しかし、須田はだらりと下げたままだ。
民部は突きを放った。
しかし、これも須田は難なくかわすと、
「剣術ごっこはこれまでじゃ」
と、言い放った。
「遊びだと」
民部はかっとなり、自分を制することができなくなった。
竹刀を大上段に構え、須田に向かう。
須田は竹刀を左手だけで持った。
民部は渾身《こんしん》の力を込めて振り下ろした。
須田は無造作に左手を横に一閃《いっせん》させた。民部の手が痺れ、竹刀が天井に舞い上がり、板敷に転がった。

「それまで」

虎之介は勝負の決着を告げた。

民部は肩を落とし、竹刀を拾い上げた。門人たちは冷笑を浮かべている。蔑《さげす》みの視線を痛い程浴びる。

当然と言えば当然の結果であった。

武芸に未熟な民部が勝てるはずがないのだ。技量の差はともかく、相手の態度に我を忘れてしまったことが情けない。

民部は門人たちの末席に座った。

虎之介が、

「須田殿と申されたな」

と、須田に語りかけた。

「次に御指南を頂ける御仁《ごじん》は」

須田は道場内を見渡した。

門人たちはお互いの顔を見合わせた。一番、見所の近くに座す男が、

「拙者が」

と、立ち上がろうとした。

それを虎之介は制し、

「おれが相手になる」

と、言った。

「ほう、師範代殿が。これはかたじけない」

飄々《ひょうひょう》と須田は言った。

虎之介は、

「貴殿、二刀流だな」

と、問いかけた。

「いかにも二天一流《にてんいちりゅう》を少々」

須田は答えた。

「ならば、防具なんぞ不要。貴殿の戦いやすいように致せ。木刀の大小を用意しよう」

虎之介は門人に命じた。

虎之介も木刀を持った。

門人たちは爛々《らんらん》とした目で二人の立ち合いを見守った。まるで、真剣勝負のような緊張に包まれた。民部も自分の屈辱を忘れ、虎之介と須田の勝負に目を凝らした。

大小の木刀が須田に渡された。

次の瞬間、門人から、戸惑いと驚きの声が上がった。

須田は右手に木刀の小、左手に大を持ったのだ。

須田は生来左利きなのだろう。武士は左利きであっても右利きに矯正される。須田も箸は右手で持っているだろう。

但し、剣術においては左利きを生かした二刀流を駆使しているのではないか。

「ほほう、やるな」

虎之介はうれしそうだ。

剣客の本能が疼《うず》いたに違いない。

「ようし」

虎之介は道場の真ん中に立つと正眼に構えた。

須田は大小の木刀を眼前で交差させるや、すり足で虎之介との間合いを詰めた。

須田が近づいたところで虎之介は横に払い斬りを放った。

須田は大小の木刀で虎之介の木刀を挟んだ。

虎之介と須田の動きが止まる。

と、虎之介は右に回転した。須田も合わせて回り始める。

二人は交わった三本の木刀を軸に独楽《こま》のように旋回した。

二人の動きを追っていた民部は目が回った。

やがて、虎之介が木刀を挟まれたまま突きを繰り出した。

須田は仰《の》け反《ぞ》り左手の木刀で払い除ける。

間髪《かんはつ》容れず、虎之介は右手の木刀を打ち据えた。

須田の木刀が折れ、板張りに転がった。

虎之介の凄まじい斬撃《ざんげき》に民部は生唾を飲み込み、門人たちはざわめいた。

「負けですな」

あっけらかんと須田は敗北を認めた。

「いや、まだ左手の木刀があるじゃないか」

虎之介は須田を気遣うかのようだ。

「二刀流が破れた段階で拙者の負けでござるよ。修行が足りぬ。いや、勉強になり申した」

須田は潔《いさぎよ》かった。

「見事であったな。二天一流の極意、とっくりと見させてもらった」

虎之介は言った。

次いで、門人に目配せをする。門人は紙包みを虎之介に手渡した。

「須田殿、些少《さしょう》だが路銀だ」

虎之介が言うと、

「かたじけない」

須田は一礼した。

稽古が終わり、

「香取、そなた、良い筋《すじ》をしておるぞ」

虎之介に声をかけられた。

「お気遣い、ありがとうございます」

民部は一礼した。

無様に負けた自分を虎之介は慰めてくれた、と民部は思った。

ところが、

「勘違いするな。おれはおまえに世辞《せじ》や愛想《あいそ》を言う義理も気持ちもない。おまえの太刀筋を誉めておるのだ。先程の立ち合いだけで申しておるのではない。日頃の稽古ぶりを見て、おれは思った」

真顔で虎之介は言った。

「太刀筋ですか……悉《ことごと》く須田殿には通用しませんでしたが」

民部は戸惑った。

「それは技量足らずだからだ。そなたの太刀筋には邪気がない。一本気で伸びやかな太刀筋だ。技量は稽古を積むことで高めることができる。武芸の根底には、その者の性根がある。邪気を抱いたままでは技量は身に付いても器量は備わらぬ。香取、今の気持ちを忘れずに研鑽《けんさん》を積め」

虎之介は満面に笑みを広げた。

浅黒く日焼けした苦み走った顔が慈愛に彩られ、心に沁みる笑顔である。

ちゃんと自分を見ていてくれた。民部は船岡虎之介に武芸者として人として、尊敬の念と感謝の気持ちを抱き、そして何より好きになった。

「師範代殿」

民部は声を張り上げた。

「なんだ」

あくび混じりに虎之介は返事をする。

「わたしを弟子にしてください」

民部は両手をついた。

「おい、おまえは当道場の門人じゃないか。今更、何を言う」

虎之介の言う通りだ。

「わかっております。場合によっては、瀬尾先生を裏切ることになります」

「場合によるも何も、裏切り行為だ」

虎之介は右手をひらひらと振った。

「勝手ながら、わたしを鍛えてください。道場では、門人のみなさまがいらっしゃいます。師範代殿の御屋敷に通いとうございます」

民部は頼み込んだ。

「おれはな、面倒くさいことは嫌いでな。それに、屋敷を空けることが多い」

やんわりと虎之介は断った。

「そこをなんとか、わたしは、あまりに未熟です。しかし、なんとしても武芸を身に付けねばならないのです」

「焦ることはない。一歩一歩、着実に稽古を積んでゆけ」

「それが……わたしは、南町奉行所の定町廻りなのです」

恥ずかしそうに民部は打ち明けた。

「ほう、八丁堀同心か。なるほど、捕物出役の機会があるかもしれぬな」

「その時、後れを取っては朋輩に迷惑をかけてしまうのです」

「それなら、八丁堀同心が通う道場で十手術でも学んだ方がいいぞ」

「どうしても、船岡殿に学びたいのです」

強い口調で民部は願い出た。

なんとしても虎之介から学びたい。

「おれを買い被るな」

「明日はいかがですか。朝早くでも夕暮れでも……御屋敷に出向くことはできませぬか」

「明日……駄目だな。約束がある」

にべもなく拒絶すると虎之介は立ち去った。

民部は、がっしりとした虎之介の背中を熱い眼差しで見送った。

# 第二章　神君《しんくん》の鑓《やり》に懸けて

## 一

弥生《やよい》一日、船岡虎之介は羽織、袴に身を包み、長柄《ながえ》の十文字鑓《じゅうもんじやり》を肩に担いで愛宕《あたご》大名小路《だいみょうこうじ》までやって来た。

約束がある、と民部の来訪を断ったのは嘘ではない。

目指すは上総国一之宮藩《かずさのくにいちのみやはん》五万石の藩主兵藤美作守成義《ひょうどうみまさかのかみなりよし》の上屋敷である。兵藤家は三河以来の譜代、歴代藩主の中には老中を務めた者もいる。

肩で風を切り、颯爽《さっそう》と歩く虎之介は十文字鑓と相まって一角の武芸者であると窺わせる。兵藤家の表門の前に立つと右手で十文字鑓を持ち、石突きを地べたに立てかけた。

鑓の穂先には両の鎌ごと覆う鞘《さや》が被せられている。ヤクの尾の毛で作られた真っ赤な鞘で、一際目《ひときわ》を引いた。

ヤクは日本《ひのもと》にはいない、南アジアに生息する動物である。ヤクの毛は戦国の世に兜の装飾品として珍重《ちんちょう》された。南蛮渡来《なんばんとらい》の高級品とあって、三河の小大名に過ぎなかった頃の徳川家康《とくがわいえやす》が被っているのを武田《たけだ》の将から揶揄《やゆ》されたのは有名だ。

曰《いわ》く、

「家康に過ぎたるものが二つあり、唐《から》の頭に本多平八《ほんだへいはち》」

本多平八とは本多平八郎忠勝《へいはちろうただかつ》、徳川四天王の一人で天下に武名を轟《とどろ》かせた勇将である。

そんなヤクの毛で作られた鞘を被せた十文字鑓は家康所縁《ゆかり》の武器である。船岡家の先祖は家康の旗本として本陣を守っていた。慶長《けいちょう》二十年（一六一五）皐月《さつき》に行われた大坂《おおさか》夏の陣において、家康本陣は真田信繁《さなだのぶしげ》（幸村《ゆきむら》）の奇襲を受け、大混乱に陥った。船岡家の先祖は槍で奮戦、家康を命懸けで守ったのだった。

その功により、家康から十文字鑓がヤクの毛の鞘と共に下賜されたのだ。以後、船岡家の家宝として伝わってきた。但し、受け継ぐのは一族で一番の武芸者と認められた当主である。分家の当主に過ぎない虎之介が持っている所以《ゆえん》であった。

番士に名を告げると、丁重な態度で潜《くぐ》り戸から屋敷内に通され、案内の家臣がやって来た。藩主成義に鑓の稽古をつけにやって来たのだ。

虎之介は屋敷内に設けてある道場へと導かれた。

檜《ひのき》造りの御殿の裏手に広がる庭園を進む。小判型の池の周囲には季節の花々が植えられ、今はもちろん桜が咲き誇っている。晴天にめぐまれた昼下がり、池の水面に花弁が舞い落ちる様はいかにも風情《ふぜい》が漂っていた。

更に奥に行くと平屋が建っており、道場ですと案内の侍が告げた。

道場の前庭には真っ白な石が敷かれており、成義らしき侍が床几《しょうぎ》に腰を据えていた。周囲に何人かの家臣が控えている。成義をはじめ、みな紺の道着を身に着けていた。

虎之介は片膝をつき、成義に挨拶をした。

「苦しゅうない……おお。その鑓か。神君家康公下賜の鑓」

好奇心ぎらぎらの目で成義は虎之介持参の鑓に視線を注いだ。面長で鼻筋が通った顔は大名の品格を感じさせ、道着の上からも武芸で鍛えたとわかる屈強な身体つきだ。

「拝見《はいけん》」

成義が言うと虎之介は腰を上げた。

すかさず家臣が受け取りに来たが、虎之介は拒絶するように頭上でぐるっと一回転させた。

呆気《あつけ》にとられた家臣が立ち尽くしていると、成義が虎之介の意図を察し、

「これは失礼した。神君の鑓、陪臣如《ばいしんごと》きの手に触れさせていいものではないな」

床几から腰を上げた。

それには答えず、虎之介はヤクの毛で作られた鞘を取り外し、十文字鑓を渡した。

穂身には葵《あおい》の御紋《ごもん》が刻印されている。

成義は両手で受け取ると深々とお辞儀をしてから、目を細め穂先に視線を向けた。

子供が玩具を見るような様子だ。

家臣たちも羨望の眼差しである。

「ええい！」

成義は腰を落とし、二度、三度、鑓をしごいた。

「ううむ、血湧き肉躍るのう」

興奮で頬を火照《ほて》らせ、成義は声を弾ませた。

馬を駆り、鑓を手に戦場を疾駆《しっく》する思いに浸っているようだ。

しばし、鑓を動かして後、

「いや、素晴らしい鑓だ。この鑓を使いこなせる者、船岡虎之介以外にはおらぬと、岩坂《いわさか》殿が申しておったのがよくわかる」

岩坂とは幕府大目付岩坂備前守貞治《びぜんのかみさだはる》である。

虎之介は岩坂の密命を受けて探索業務を担っている。

今回の役目は上総国一之宮藩主兵藤美作守成義の内偵であった。成義は奏者番《そうしゃばん》の役目にあり、近々のうちに寺社奉行就任が内定している。寺社奉行は町奉行、勘定奉行と共に三奉行と称される幕府の要職であるばかりか、将来は大坂城代、京都所司代に進み、やがては老中に累進できる。

いわば、老中への登龍門《とうりゅうもん》に立つことになるのだ。それだけに、人品卑《じんぴんいや》しからぬ者でなくてはならない。

兵藤成義には近頃珍しい質実剛健、武芸の鍛錬《たんれん》を怠《おこた》らない武張《ぶば》った男という評判と、大商人と結託《けったく》して贅沢《ぜいたく》、放蕩《ほうとう》を尽くしている、という正反対の悪評が立っているのだ。

虎之介は鑓の指南という名目で成義の人となりを探るよう岩坂から内命を受けたのである。

「せっかく参ったのじゃ。そなたに鑓の指南を受けようか」

成義は家臣たちを見回した。

「そのつもりで参りました」

虎之介は羽織を脱ぎ、大刀の下緒《さげお》で襷掛けをした。

まずは、鑓の型を披露した。

中段に構え、馬上の武者を想定して突き上げる。

次いで、上段から振り下ろし、攻めかかる雑兵《ぞうひょう》を柄で叩き伏せた。

更には下段に構え直して群がる敵の足を払う。

虎之介は飛び上がり、駆け回った。

「見事じゃ」

成義は感嘆のため息を漏らした。

誉められて嫌な気分はしない。それどころか、虎之介も興《きょう》に乗った。成義内偵の役目を忘れる程に躍動した鑓使いを披露する。

次に何人かの家臣と鑓を交えることになった。

彼らは成義が選りすぐった武芸達者たちで、一真組《いっしんぐみ》と称していた。

さすがに本物の鑓はまずかろうと稽古槍が用意された。穂先の代わりに先端に布を詰め、革で包んであり、たんぽ槍とも称される。

「構いませぬ。幾人なりと」

虎之介は家臣たちに声をかけた。

「よし、目にもの見せてやれ。後れを取るではないぞ」

成義は家臣たちを叱咤《しった》した。負けず嫌いというか、腕白《わんぱく》小僧がそのまま大人になったような人柄である。

「美作守さまが仰《おお》せになったぞ。さあ、我と思わん者は挑んで参れ」

挑発するように虎之介は右手で軽々と稽古槍をぐるぐる回した。

三人の家臣が前に出た。

虎之介は腰を落とした。

三人は虎之介の前と左右に散る。その直後、成義は彼ら以外の家臣に目配せをした。

成義の意を察した二人が虎之介の背後に回った。

「面白い……遠慮はいらぬ。一斉にかかって来い！」

虎之介は大音声《だいおんじょう》を放った。

自信に満ちた虎之介の態度に反感を抱いたのか、五人は険しい表情となって虎之介に迫った。

虎之介を囲む輪が縮まる。

虎之介は腰を落とし下段に構え直すや、素早く身体を回転させる。五人は足を払われ、もんどり打って転倒した。

それでも、かろうじて一人が虎之介の稽古槍を避け、中段の構えから突き上げた。

虎之介は右手だけで柄を掴み、横に払った。家臣の稽古槍が弾き飛ばされた。次に虎之介は穂先を相手の首筋に突きつけた。

家臣はへなへなと頽《くずお》れた。

「もうよい、情けなき奴らめ」

成義は家来たちをこき下ろしてから、

「わしが相手じゃ」

と、静かに告げた。

家臣たちは複雑な表情で黙り込んだ。止めても聞き入れる成義ではない。下手に諫《かん》言《げん》しようものなら、「おまえたちがだらしないゆえ、わしが相手をするのだ」と叱責されるに違いないのだ。

「承知！」

一瞬の躊躇いもなく虎之介は応じた。

「手加減致すなよ」

成義は稽古槍を手に虎之介に命じた。

「むろんのこと」

虎之介とて手心を加えるつもりなど毛頭ない。譜代名門大名と下級旗本ではなく、一己《いっこ》の武芸者同士の手合わせなのだ。

いつでもかかって来い、というように虎之介は上段の構えを取った。

成義は中段に構えるや裂帛《れっぱく》の気合いと共に突進して来た。

虎之介は両手で柄を摑んだまま振り下ろした。

柄と柄がぶつかり合う。

さすがに成義は武芸熱心とあって、強い衝撃が伝わってきた。

成義はさっと後ずさりし、虎之介の足を払ってきた。虎之介は跳躍し、成義の稽古槍を避ける。

それでも、成義は執拗《しつよう》に足払いを繰り返す。そのたびに虎之介は飛び上がって避けたが、ついには足がもつれて転んでしまった。

そこへ、成義が攻めかかる。

虎之介の首を狙ってたんぽを突き出した。

素早く虎之介は稽古槍を振り回し、成義の攻撃を避ける。

次いで、間髪容れず倒れたまま槍を横に払った。

成義は前のめりに転倒した。

「殿！」

家臣たちが寄ろうとした。

虎之介は立ち上がり、

「下がれ！」

と、一喝する。

家臣たちの足が止まる。

起き上がろうとした成義の首元に虎之介はたんぽを突き付けた。

誰の目にも勝負ありである。

虎之介は稽古槍を引き、成義に一礼した。次いで、右手を差し出し、成義が立つのを助けようとした。成義は虎之介の手をぴしゃりとはたき、稽古槍を杖代わりにして立ち上がった。

「おのれ、稽古用では力が出ぬ」

悔し紛れに成義は槍を膝で折ってしまった。更に乱暴な手つきで捨て去る。

「本物でやろうではないか」

負けず嫌いの成義らしい言動に家臣たちがざわめいた。

「本物では命のやり取りになりますぞ」

釘を刺すように虎之介は言った。

「当たり前だ」

成義は吐き捨てた。

「殿、なりませぬ」

家臣の一人が諫言するかのように成義の前に座した。一真組の組頭榊原房之介《さかきばらふさのすけ》だと後日知った。他の家臣二人が虎之介の前に立ち、

「船岡殿、どうぞ、今日の稽古は終了とさせてくだされ」

と、懇願するように頭を下げた。

二

さすがに、命のやり取りはできない。相手が大名だからではない。泰平の世にあって武芸はあくまで武士のたしなみである。決して殺し合うための技術ではないのだ。ここは成義の顔を立てつつも命を賭けた勝負は避けねばならない。

「美作守さま、座興《ざきょう》が過ぎますぞ」

冗談めかして虎之介は語りかけた。

しかし、成義は、

「武士が武芸について、また、勝負事において世迷言《よまいごと》など申さぬ」

と、両目を血走らせ、いかにも不愉快そうに返した。

「そのお気持ちはまことにあっぱれなるもの、まさしく武士の鑑《かがみ》と存じます。しかし、上総一之宮五万石はいかがなります。ご家臣と身内の方々は……」

虎之介が言うと、

「なんじゃ、船岡よ、そなたが勝つと決めつけておるような物言いをしおって。うぬぼれも大概《たいがい》にせよ！」

轟然《ごうぜん》と成義は言い放った。

虎之介は無言で見返した後、

「どうあっても勝負しますか」

と、念を押した。

「くどいぞ」

成義は引くに引けないようだ。

「ならば、こう致しましょう。美作守さまは弓がお得意と耳にします」

「いかにも」

成義はうなずいた。

「拙者に十本、射かけられませ。そのことごとくを拙者が十文字鑓にて払い除けましょう。一本でも拙者の身体に刺さったり、着物をかすめれば、拙者の負け、そうでなかったら美作守さまの負けです」

という虎之介の提案に、

「なるほど、それは面白い」

成義は興味を示した。

家臣たちは、はらはらとした面持ちで成行きを見守っていたが、少なくとも、成義の身にもしものことは起きないようだ、とほっと安堵の空気が漂う。

すると成義は、

「して、何を賭ける」

と、またも不穏なことを言い立てた。

「はて、まさか、命と」

戸惑いながら虎之介は返した。

「いや、命を賭けたのでは、鑓の勝負を考え直した意味がない。そなたが負けたら、その鑓を貰う。わしが負けたら隠居致す。そうさな、仏門に入るぞ。髷を落としてな」

大胆なことを成義は言い出した。

「殿……なりませぬ」

悲痛な顔で榊原が諫《いさ》める。

無理もない。せっかく、寺社奉行に成ろうというのだ。老中への道が開かれたのである。それがふいになってしまう。

危うがる家臣に、

「そなた、老中への道が開かれたと思っておるのであろう。それをふいにするのか、と不満だろう。じゃがな、わしは負けぬし、勝負に勝てば神君家康公下賜の鑓が手に入るのだ。寺社奉行就任の何よりの祝い品だ」

成義は誇るように胸を張った。

家臣たちは押し黙った。

「ならば、弓をもて」

成義が命じると観念したように弓を持って来た。

五人張りの強弓《ごうきゅう》だと、成義はうれしそうに受け取った。

五人張りとは四人掛かりで弓を曲げ、一人が弦をかける作業を意味する。それだけ腕力を要するが、射程《しゃてい》や破壊力は桁外《けたはず》れであった。源平合戦《げんぺいがっせん》の勇者、鎮西八郎《ちんぜいはちろう》こと源《みなもとの》為朝《ためとも》が使い手として有名だ。

この弓を引けるということは成義の武芸鍛錬、いや、度を越した武芸好きを如実に物語っていた。

家来は誇らしげである。

「さあ、船岡、ゆくぞ」

成義は道着を片肌脱ぎにし、虎之介から三十間の間合いを取った。

虎之介は、「どうぞ」とばかり石突きで地べたを突いた。

家臣から矢を受け取り、成義は弓に番《つが》えた。続いて矢を引く。さすがに迅速《じんそく》には引けず、成義は顔を真っ赤に染めながら両腕に力を込めた。剝き出しになった右の肩と二の腕が盛り上がる。

目一杯に弦が引かれたところで矢が射かけられた。

春風を引き裂き、弾丸のような矢が虎之介に飛来した。

虎之介は微動だにせず、十文字鑓で矢を叩き落とした。

すかさず、成義は二本めを射た。

これも、虎之介の鑓に払い落とされた。

成義は顔を歪ませ、三本めの矢を番える。しかし、強弓ゆえ、矢継ぎ早には射かけられない。

これは虎之介に利した。

虎之介は矢が飛んでくるのを待ち構えられるのだ。

そのことに気付いたのか強弓を引くのに疲れたのか五本を射かけたところで、成義のやる気が失せているように見えた。

ここで、

「大目付岩坂備前守さまが……」

と、家臣が成義に耳打ちをした。

成義は弓を置いた。

すると、岩坂がにこやかな顔でやって来た。

岩坂は還暦を過ぎ、白髪混じりの髪、月代《さかやき》には椎茸の軸のように細くなった髷が乗っている。羽織、袴に包んだ身が枯れ木のように痩せ細っていた。

それでも、岩坂は矍鑠《かくしやく》たる足取りである。

「おお、虎之介、美作守さまのお役に立っておるのか」

素《す》っ頓狂《とんきよう》な程の能天気な声音で岩坂は声をかけた。

「それがな叔父貴、おれの方が美作守さまから弓の指南を受けているんだ」

虎之介は笑った。

家臣たちの緊張も解《ほぐ》れたような格好だが、
勝負に水を差されたような格好だが、

「よし、休むか」

成義は言った。

「おや、こりゃ、わしが稽古の邪魔をしたか」

岩坂は手で自分の額をぴしゃりと叩いた。

「いや、丁度よい頃合いであった。茶でも飲もう」

にこやかに成義は応じ、道着に袖を通した。

「そうじゃ、美作守さま、御自慢の武器庫をお見せくださらぬか」

岩坂が頼むと、

「よかろう」

上機嫌で成義は応じた。強張《こわば》った貌《かお》をずいぶんと和ませた。

次いで虎之介に向かい、

「船岡、座興は仕舞《しまい》じゃ」

と、言った。

どうやら、決着つかずで満足をしたようだ。

成義自慢の武器庫に案内された。

刀剣や甲冑《かっちゅう》、鎧、鉄砲が陳列してあった。板敷には合戦屛風《びょうぶ》がある。

「模写じゃ」

成義は言った。

模写といっても見事な筆致《ひっち》で有名な合戦絵巻が展開されている。「川中島《かわなかじま》の戦い」「姉川《あねがわ》の戦い」「長篠《ながしの》の戦い」「小牧長久手《こまきながくて》の戦い」「関ケ原《せきがはら》の戦い」「大坂の陣」などだ。どうやら、成義は戦国武将に憧れが強いようだ。

「壮観じゃのう」

岩坂は見回した。

うれしそうな顔で成義はうなずく。

書棚には合戦の歴史をしたためた書物が収納してあった。日本の合戦ばかりではない。唐土《もろこし》の著名な戦い、兵法書もある。

史記《しき》や三国志《さんごくし》などで描かれた著名な戦いもあれば、虎之介の知らない合戦も数多《あまた》あった。

更には西洋の戦もある。

「まこと、凄いものですな」

虎之介は感嘆した。

「凄くはない。まだまだ欲しい武具類はある……あい、いや、これは大目付殿には聞き捨てにできぬことを申してしまったな」

冗談めかすように成義は笑い声を上げた。岩坂も笑顔で、

「まこと、失言でござりますぞ。公儀に合戦を仕掛けるおつもりか」

と、肩をそびやかした。

「むろん、公儀に叛意《はんい》など微塵もない。わしは、美しい甲冑や鎧、刀剣が好きじゃ。わしにとって武具は骨董品《こっとうひん》のようなものじゃな」

成義の言葉にうなずき、

「まさしく、武器庫というよりは宝物庫ですな」

岩坂は言った。

三

居間に移ってしばし、成義の兵法談、合戦談義を傾聴《けいちょう》した。

虎之介と岩坂は専《もっぱ》ら聞き役である。一方的に話しまくり、成義は一息吐《つ》いた。

さすがに聞いてばかりで無反応ではまずい、と岩坂は虎之介に目配せをした。武芸、合戦、兵法について何か話をしろ、と言いたいようだ。

「ところで、美作守さま、あの強弓を引けるとは日頃の武芸鍛錬ぶりが生半可《なまはんか》ではないと拝察できます。まことに、感服《かんぷく》つかまつりました」

虎之介が称賛すると成義は満足そうに首を縦に振り、

「源義経は名将ではあったが優れた武人ではなかった」

と、得意の武将談義を始めた。

岩坂は、

「と、申されると」

と、いかにも興味を引かれたように問いかけた。成義は上機嫌で続ける。

「壇《だん》ノ浦《うら》の合戦で義経は弓を海に落としてしまい、それを必死で拾い上げた。平家方の手に渡り、貧弱な弓だと侮《あなど》られ、嘲笑《ちょうしょう》されまいとしたのじゃ。義経は小柄、力は弱かった、身軽ゆえ華麗な八艘飛《はっそうと》びができたのじゃが、武人としてはひ弱であったのは否《いな》めんな」

「なるほど、これは慧眼《けいがん》」

調子よく岩坂は褒め上げた。

つくづく食えない叔父だと虎之介は内心で苦笑した。

成義は機嫌がよく、

「食膳を用意しよう」

と、居間から出て行った。

虎之介は岩坂に、

「聞きしに勝る武芸好きでいらっしゃいますな」

と、語りかけた。

「人となりをどう見た」

岩坂はにこやかな顔だが目は笑っていない。

「武芸一筋、と見受けられますが、どうでしょうな。あの武器庫の品々、拵《こしら》えは立派に飾り立ててあるが、どれも大した代物《しろもの》ではない。美作守さまがおっしゃられたように骨董の類《たぐい》ですな」

　虎之介は快活な口調で返した。

「そうじゃな……もっとも、本物で揃えられるわけもない。莫大な費用がかかるからな」

　冷静に岩坂は断じた。

「一之宮藩領では厳しい年貢の取り立てが行われておるのですか。もっとも、殿さまの武具収集のために年貢を増やすわけにはいかぬでしょうがな」

「今のところ、農民どもが一揆《いっき》を企《くわだ》てておる、という噂はない。政《まつりごと》の評判も特に悪評は流れておらぬな」

「すると、叔父貴は兵藤成義というお方の何に不審を抱いておられるのでござるか」

　虎之介は訝《いぶか》しんだ。

「銭金に淡泊、趣味趣向は武芸、まさしく非の打ちどころのない大名、とまでは申さぬが、これと言って落ち度は見当たらない。そんな御仁が寺社奉行と成る、というのがな」

　岩坂は失笑を漏らした。

「それはちと、うがち過ぎではござらんか」

虎之介も笑った。

「わしは天邪鬼《あまのじやく》な性質《たち》でな」

岩坂はにんまりとした。

「それに異存はござらんな」

「おまえとて、ひねくれ者ではないか……それは置いておいて、兵藤美作守成義、何処か摑み所のない男じゃ。まさか、合戦を起こし、戦国の世の武将のように暴れる気はなかろうがな」

岩坂は苦笑した。

それは、虎之介が抱いた成義の危うさでもあった。槍の稽古、強弓を射た時の目つき、あれは、尋常な様子ではなかった。

常軌《じょうき》を逸《いっ》した性質のようなものが感じられたのである。

「ともかく、引き続き、兵藤成義の探索を頼む」

岩坂に頼まれ、

「承知した」

虎之介は軽く頭を下げた。

そこへ成義が戻り、食膳が運ばれて来た。酒も酌み交わされる。

成義は上機嫌で合戦談義をした。

「長崎の一件を耳にしておろう」

成義は言った。

「フェートン号でありますか」

岩坂は問い直した。

「いかにも。あれは、嘆かわしい」

成義はなじった。

フェートン号事件とは一昨年の文化五年（一八〇八）に長崎で起きた、イギリス軍艦の不法侵入事件である。ヨーロッパではフランス皇帝ナポレオン・ボナパルトが征服戦争を起こしていた。ナポレオンと敵対するイギリスはナポレオン支配下になったオランダ船を追尾し長崎近郊にやって来る。イギリス軍艦はオランダの国旗を掲げて長崎湾に侵入、オランダ商館員を人質に取って、食料、薪、水を要求した。

長崎奉行松平康英《まつだいらやすひで》は撃退しようとしたが、長崎に駐留しているはずの佐賀藩鍋島《さがはんなべしま》家《け》の軍勢が不在であった。佐賀藩は幕府から長崎警固の役目を命じられ、三百人の家臣を常駐させておかねばならなかった。

しかし、泰平が続いた気の緩《ゆる》みとそれにも増して駐在費用の負担軽減のため、佐賀藩は幕命に背《そむ》き家臣を置いていなかったのである。

このため、慌てて軍勢を整え長崎に向かったが、着陣した時には後の祭り、イギリス軍艦は引き上げていた。

この不祥事の責任を取り、松平康英は切腹、佐賀藩は藩主が隠居、家老数人が腹を切った。

「わしは、長崎の一件に泰平の世の誤りを感じる」

成義は言った。

しばらく、佐賀藩鍋島家の不手際を批難し、

「しかし、これはなにも鍋島家だけの問題ではない」

と、真顔で断じた。

虎之介と岩坂は黙って聞いている。

「そうは思わぬか」

成義から同意を求められ、

「そうですな、油断と言えば油断ですが、そもそもの問題はエゲレスですな。傍若《ぼうじゃく》無人《ぶじん》の振る舞いにありますぞ」

虎之介は言った。

「よって、西洋諸国に舐められてはいかぬ。エゲレスばかりではない。オロシャも蝦《え》夷地《ぞち》近辺の島々、近海に出没して好き放題の振る舞いをしておる」

成義の矛先《ほこさき》はイギリスからロシアに向けられた。

「これら由々《ゆゆ》しき事態を公儀はいかに考えておられるのか」

酒が入ったせいか、成義の口調は激しくなった。岩坂は穏やかな笑みをたたえながら成義を見返している。

すると、

「岩坂！」

と、怒声を上げた。

柔和な笑みをたたえたまま岩坂は見返す。

「そなた、幕臣にあって、夷敵《いてき》といかに対峙するのじゃ。ちゃんと公儀の要職にある者としてなんらかの方策を立てておるのか」

酔っ払い特有のねちっこい口調で言い立てた。

「さあ、わしにはようわかりませぬな」

いなすように岩坂は言った。

「船岡、そなたはどうなのじゃ。そなたの先祖は畏れ多くも神君家康公の本陣を守ったのじゃぞ」

成義は虎之介に視線を向けた。

「さて、いかに神君家康公下賜の鎧でも何千、何万の夷敵退治は叶いませぬ。義経は名将ですが優れた武人ではない、という観点から申しますと、おれは猪突猛進《ちょとつもうしん》の武人、大軍を操る将ではありませぬ。おれにふさわしい働き場所を与えてくださる名将に巡り合いたいものですな」

成義の目を見据え、虎之介は返した。

「要するに夷敵が攻め込んで来るまで何もせぬ、ということか。呑気《のんき》なものよ」

成義は嘆いた。

岩坂は虎之介と顔を見合わせた。早々に退散するのがよかろうと虎之介も岩坂も同じ考えのようだ。

「なんじゃ、その方ども、示し合わせおって」

呂律《ろれつ》が怪しくなって成義は責め立てた。

「少々、過ごされましたな」

岩坂は家臣を呼ばわった。

成義は悪酔いをしてきた。しつこくなり、言葉の一つ一つに絡んでくる。話が途切れるとすかさず、

「では、そろそろ」

と、岩坂は腰を上げようとするのだが、

「なんじゃ、逃げるか」

と、酔眼《すいがん》で引き止める。

岩坂も虎之介も苦笑してしまう。成義はほとんど一人で話し続け、虎之介と岩坂は相槌《あいづち》を打つのみなのだが、それを怠ると、

「わしの話を聞いておらんのか」

と、怒り出すのだから始末に負えない。時折、家臣が入って来て何事かを耳打ちする。大抵は来客のようだ。

その都度、成義は話を中断されて不機嫌になり、会うのを拒絶している。来客と会って欲しいと願うのだが、成義は拒んでいる。虎之介も岩坂も相槌を打つことすら、力が出なくなったところで、家臣が来客を耳打ちした。

成義が益々不機嫌になるのでは、と虎之介は危ぶんだが、

「わかった。小座敷に通せ」

と、声をかけた。

それから自分の頬を両手で二度、三度張ってから、

「すまぬが、しばし、中座を致す。好きに飲み食いをしてくれ」

と、腰を上げた。

すかさず岩坂が、

「ずいぶんと過ごしましたので、拙者はこれにて失礼を致します」

さっさと申し出た。

成義は何か言いたげであったが、

「そうか、ならば」

と、幸いにも引き止めることはなかった。虎之介はほっと安堵した。

すると、中座してまで会おうという相手が気にかかった。虎之介は成義が歩き去る背中を見定めた。

濡れ縁で二人の男が待っていた。一人は錦《にしき》の袈裟《けさ》をまとった僧侶、もう一人は紬《つむぎ》の着物に黒紋付を重ねた大店《おおだな》の商人風の男だ。

何度も出入りしていた家臣に、

「ずいぶんと御馳走になった。いやあ、美作守さまのお話、大変に勉強になった。実

に幅広い知識、深い見識、一々ごもっともなる説話でござった」

心にもない世辞を述べ立てた。

「それは、ようございました」

家臣も成義の宴席を持て余しているようだ。

「まさしく、美作守さまはおれのような無学な男を相手にでも熱心に話してくださった。貴殿、何度か来客を告げたが、客人よりもおれたちを美作守さまは優先してくださった、ありがたいことじゃ」

わざとらしい程の誉め言葉を並べる。

「殿は話に熱中なさいますと、他のことは耳に入らなくなるのです」

家臣は言った。

「ところで、あれなる僧侶と町人、美作守さまはずいぶんと親し気であるな」

と、何気なく素性を確かめた。

「菩提寺《ぼだいじ》、芝にある連念寺《れんねんじ》の御住職西念《さいねん》さまと呉服屋の武蔵屋《むさしや》五兵衛《ごへえ》ですな」

家臣は言った。

「ほう、呉服屋……美作守さまは特別に装いに凝っておられるようには見えぬが」

訝しむと、

「五兵衛は殿の格好の話し相手なんですな」

家臣は五兵衛を嫌がっていないようだ。五兵衛がやって来ると成義の機嫌が良くなるそうだ。それゆえ、藩邸では五兵衛の出入りはほぼ無許可であった。

藩邸を出たところで、

「連念寺の西念と武蔵屋五兵衛、怪しいですな」

虎之介は言った。

「そうじゃ。西念と五兵衛を探れば兵藤美作守の素顔も明らかとなるかもな」

岩坂も期待した。

「ともかく、兵藤美作守成義という男、調べれば面白いかもしれませんぞ」

虎之介はにんまりとした。

「おまえ、探索の虫が疼いたようだな」

岩坂もうれしそうだ。

「単なる兵学好きの大名じゃないかもしれませんぞ」

虎之介の考えに、

「そうじゃ、公儀に役立てばいかなる変わり者でもよいのだがな、妄想が過ぎて西洋との合戦を叫ぶようでは、公儀の政道は乱れる」

岩坂は真顔になった。

「叔父貴、まあ、任せてくだされ」

と、虎之介はごそごそと懐中《かいちゅう》をまさぐった。

「わかった」

岩坂は探索費だと、小判の紙包み、すなわち切り餅一つ、金二十五両をくれた。

四

翌二日、香取民部は探索を継続していた。

柳橋の船宿夕霧は閉まっている。貸家の札が貼ってあった。

すると、夕霧の船頭、常吉が声をかけてきた。

「おお、そなた、いかにしておるのだ」

民部は常吉を気遣った。

「あっしは、こう言っちゃあなんですがね、舟を漕ぐ腕は確かなんで、食いっぱぐれはないんですよ」

常吉は腕を捲《まく》った。

なるほど、日に焼けた腕はいかにも逞《たくま》しい。これまで、どれだけの舟を漕ぎ、どれほどの男女を運んできたのだろう、と民部は常吉への尊敬の念を抱いた。

すると常吉は急に声を潜《ひそ》めた。

「先だって、旦那に言いましたお侍ですがね、今、あそこの船宿にいらしてるんですよ」

と、言った。

「まことか」

民部の胸が高鳴った。

「ほれ、柳の向こうです」

常吉が指差した方角を見ると、山吹《やまぶき》という船宿であった。その侍は女連れだそうだ。

ということは、お光に強請られる原因となった女なのだろう。

「ありがとうな」

民部が礼を言うと、

「旦那、熱心でいらっしゃいますからね、つい、情《じょう》にほだされたんでさあ。頑張ってください」

常吉に励まされ、民部は山吹に向かった。

いきなり、町方の同心が踏み込むのは躊躇われる。怖気《おじけ》づいたわけではないが、礼というものはあるのだ。

すると、常吉が、

「あっしが山吹の船頭のふりをして声をかけますよ」

と、買って出てくれた。

「せっかくの申し出だが、そこまでそなたには頼れぬ」

民部が躊躇いを示すと、

「なに、乗りかかった舟ですよ」

冗談交じりに常吉は引き受けてくれた。

「わかった。その代わり、もし、揉め事が起きたらわたしが責任を負う」

「旦那、本当に生真面目ですね」

常吉は暖簾を潜り、玄関を入ると、何処の部屋からともなく三味線の音色が聞こえる。

「お侍、そろそろ舟を出しましょうか」

常吉は大きな声を上げた。

侍が何処の部屋にいるのかまではわからないため、宿中に届く大きな声を発したのだろう。舟歌が得意な船頭は珍しくはなく、とりわけ常吉はのど自慢なのか不快さを伴わないよく通る声音だ。

とは言え、雇っていない船頭が客に声をかけるなど女将が見たら怪しむだろうが、幸いにして女将は出て来ない。帳場部屋の障子は閉ざされたままだ。女将は留守なのだろうか。

「お侍……」

もう一度、常吉が声をかけようとしたところで、奥の襖が開いた。三味線の音色が高まった。三味線は侍の部屋で奏されているようだ。

「舟を用意しましょうか」

常吉が再び声をかけると、

「そうだな……」

という声と共に侍が出て来た。

柱の隅から覗いていた民部は驚きの声を漏らしてしまった。

侍と目が合った。

侍は船岡虎之介であった。

虎之介は目にも鮮やかな萌黄色《もえぎいろ》の小袖を着流し、茶の献上帯《けんじょうおび》を締めていた。武骨な道着姿しか知らない民部の目には新鮮に映った。お忍びの外出を楽しむ気楽な装いだが、屈強な身体と眼光の鋭さは変わらず、武芸者の威厳を失っていない。

虎之介の方も少しの戸惑いを示したが、

「なんだ、香取ではないか……どうしてここに……」

と、呟いてから、

「ま、よい。ここで会ったのも何かの縁だ。一緒に飲むぞ」

陽気に誘いかけた。

「はあ、ですが、役目の最中ですので」

遠慮したが、ひょっとして虎之介がお光殺しに関わっているのかもしれないとすると、虎之介の誘いを受けるのは探索の役目である。

「では、お相伴《しょうばん》に預かります」

一礼して民部は部屋に向かった。虎之介は常吉に、

「すまぬな。では、一刻後に頼む」

と、心付けを渡した。

「ありがとうございます」

にこやかに常吉は去った。

民部は部屋に入った。女がいる。

「この船宿の女将でお清《きよ》だ」

と、虎之介は紹介をした。三味線を置き、お清は民部に挨拶をした。

船宿の女将……。
二十四、五の年増《としま》、薄紅色地に桜の裾模様をあしらった小袖、丸髷に結った髪を鼈甲《べっこう》の簪《かんざし》が飾っている。抜けるような白い肌に切れ長の目、高い鼻、紅を差したおちょぼ口と右横にある小さな黒子《ほくろ》が艶《つや》っぽい。
いわゆる、小股《こまた》の切れ上がった良い女だ。

夕霧にいた女は武家風だったそうだ。では、夕霧の女ではないのか。

「どうして、ここに来たんだ」

虎之介に訊かれたが、それは民部も同じ思いである。

民部が答える前に、

「夕霧のお光さん殺しを探索なさっているんでしょう」

お清が言った。

「そうなのか」

虎之介が確かめる。

民部は認めた。

「すると、何か……おれがお光を殺したって見当をつけているのか。弟子入りしたいのもおれを下手人と見込んで、何らかの証を得ようというのか」

虎之介に問われ、

「いえ、違います。その……船岡殿がお光殺しに関わっているなど、微塵も考えておりませぬ。ここにやって来たのは聞き込みで夕霧にいた怪しげな武士が浮上したからなんです」

簡単にこれまでの経緯を語った。

「なるほど、おれも間《ま》が悪かったということか」

愉快そうに虎之介は笑った。

「ちょいと、虎さま、冗談ではありませんよ。こちら、お役目なんですから」

お清がたしなめた。

「そうだった」

虎之介は自分の額をぴしゃりと叩いた。

「ま、それはよいとして、一献《いっこん》傾けようぞ」

虎之介は勧めた。

「はあ」

民部は躊躇っている。

「虎さま、お困りですよ。香取さまはお役目中なのです。御奉行所に戻られて、お酒の臭いをさせていたらお咎《とが》めを受けますよ」

またもお清にたしなめられ、

「わかった」

と、虎之介は引き下がった。

民部は、

「申し訳ございません」

と、謝った。

お清が噴き出し、香取さまが謝ることではありません、と言い添えた。実にたおやかでのびのびとした女性である。虎之介との仲はわからないが、お似合いのような気がした。

「よし、おれが夕霧に居た事情を話しておこう」

虎之介は言った。

民部は居住まいを正した。

「民部も耳にしただろうが」

民部、と虎之介は呼びかけた。親しみを覚えてくれたようで民部にはありがたい。

虎之介は続けた。

「お光という女は実に性悪《しようわる》だった。客の表沙汰にしてはならない秘密めいたことをネタに強請っていた。そんな話を耳にしたのでな。おれは、お清と一緒に夕霧を利用したんだ」

虎之介はお光を懲《こ》らしめようとしたのだそうだ。

「案の定、お光は強請めいた言葉をかけてきた」

虎之介が言うと、

「虎さまはお人が悪いんですよ。わたしに顔を隠して、お光さんにわからないようにしておいて、夕霧に来させたんです。おまけに、武家風を装えって。でも、武家風って言われてもね……で、仕方なく御高祖頭巾を被って、お武家さまの妻女らしい言葉遣いをしたんですよ」

困った顔でお清は虎之介を見た。

御高祖頭巾の女はやはりお清であったのだ。お清とばれないように、いかにも密会を楽しむ武家の女という具合を装ったのだった。

部屋に入って御高祖頭巾を脱いだが、お清は衝立の陰に隠れていた。

「お光の奴、規則ですからと宿帳を持って来た。名前を記してくれってな。おれは、隠すことなく書いてやった」

お光は武鑑《ぶかん》で調べ、後日、屋敷まで強請金を求めに来るつもりだったそうだ。

「おれは、女にも書かせようかと言ってやった」

おかしそうに虎之介は笑った。

お願いします、とお光は宿帳をお清に向けた。

「その時のお光の顔は見ものだったぞ」

その時の光景がまざまざと蘇ったようで虎之介は肩を揺すって笑った。

すかさず、虎之介はお光を糾弾《きゅうだん》した。

「お光はしらばくれていたが、おれが語調を強めて責め立てると、二度としません、としおらしく謝罪の言葉を口にした」

お光は泣き崩れたそうだ。

「船宿のやり繰りが大変で、つい出来心でやってしまった、と言い訳をしおったが、出来心にしては念の入ったやり口だし、一件や二件ではなかろうと、責め立ててやった」

　お光を奉行所に突き出したりはせずにいたが、今後も強請行為を繰り返していると耳にしたら、

「絶対に許さん」

　と、強い口調で釘を刺したそうだ。

「お灸《きゆう》を据《す》えてやったのだがな」

　虎之介は浮かない顔つきになった。

「お光殺しの下手人ですが……」

　民部は言った。

　するとお清が、

「わたし、お光さんが亡くなったのを聞いて寝ざめが悪かったのですよ」

　と、ため息を吐いた。

　お清は虎之介と共にお光の罪を糾弾することで、お光はすっかり憔悴し、それが深まって身投げをしてしまったのだと思い込んだそうだ。

「それでな、こいつにおれが責められたんだ。参ったぞ」

虎之介はお清に先棒《さきぼう》を担がされたと責め立てられたと苦笑した。

「そうですよ、お光さんに化けて出られるんじゃないかって、そりゃもう気が気でなかったんですからね」

お清は言った。

「悪かった、と言っているだろう。おれも、正直、やり過ぎたか、と内心で自分を責め立てた」

虎之介は指で鼻を掻いた。

お清が、

「よく、あれが殺しだと見破りましたね」

と、民部を誉めた。

虎之介もうなずくと、

「民部の話を聞くと、おまえ、中々に鋭いな。八丁堀同心に成ったばかりの半人前とは思えん。いや、感心したぞ」

民部の手腕を改めて誉めた。

「はあ」

民部は照れが先に立って、どう返していいかわからない。

お清も、

「ほんと、そうですよ。あのまま、お光さんが身投げをしたとか、うっかり足を踏み外したりしたってことになっていたら、わたしは一生、お光さんが夢枕に立つところでしたよ」

と、深刻な顔で言った。

「まあ、それくらいにしてください。わたしは当然のことをしただけです」

民部は言った。

「偉いですね、謙虚ですね。虎さまとは大違い」

お清は益々、民部が気に入ったようだ。

「蘭方を学んでおったのか」

虎之介も民部に関心を向けた。民部は兄の死で八丁堀同心になった経緯をかいつまんで語った。

「ふ〜ん、では、心ならずも十手御用を担うようになったんですね」

というお清の言葉に、

「これが定めだと思っております」

民部はうなずいた。

「偉い」

お清は盛んに民部を持ち上げた。

「しかし、そんな経緯で十手御用を担っておりますから、肝心の武芸はさっぱりです。ですから、半人前扱いなのです」

民部はつい愚痴めいた物言いをしてしまった。

「真面目な性質ですから、剣も精進《しょうじん》すれば必ず上達しますよ」

お清が励ましてくれた。

そこで民部は、

「船岡殿、どうか、弟子入りさせてください」

改めて頼んだ。

「だから、瀬尾全朴先生の手前……」

虎之介が躊躇いを示すと、

「あら、いいじゃありませんか。あくまで、個人で教えを請うということであれば。香取さんが道場を辞めて虎さまの弟子になるのなら、瀬尾先生への不義理ですけど……道場に通いながら補習ということであれば」

お清が上手い具合に助け舟を出してくれた。

「お願いします」

民部は畳みかける。

「そうだな」

虎之介は顎を掻いた。

「虎さま、引き受けなさっては」

お清が言葉を添えてくれる。

「まあ、そうだな」

虎之介も気持ちは傾いたようだ。

「船岡さまにご迷惑がかからないよう、御屋敷にお伺いします」

民部は辞を低くして申し出た。

「それもよいが、まずは、おれが課題を与える。それができるようになったら、次の段階へと進むということでどうだ」

虎之介の申し出に、

「お許しが出たのですね」

民部は声を弾ませた。

「よかったですね」

お清も喜んだ。

お清に感謝したい。

「まずは、毎日百回の素振りをせよ。同じ軌道で竹刀を振ることができるようになるのだ」

虎之介は言った。

「承知しました」

民部は受け入れた。

「それが基本だ。いいか、瀬尾道場でのそなたの素振りを見れば、おれの課題が成《じょう》就《じゅ》できているのか一目でわかるぞ」

虎之介は釘を刺した。

「はい」

勢いよく民部は答えた。

「香取さまは真面目ですもの。誤魔化したりはなさいませんよ」

というお清の言葉に、

「そうだな、おれも、そう思うから課題を与えたんだ」

虎之介も賛同した。

民部は目を大きく見開いた。

ここで虎之介が言葉を改めた。

「ひとつ、頼みがあるのだがな」

「なんなりと」

民部は身構えた。

「芝神明宮《しんめいぐう》近くに武蔵屋という呉服屋があるのだが」

虎之介は言った。

虎之介の表情が引き締まったのを横目で見たお清はすっと立ち上がって、

「ちょいと、風に当たってくるわね」

と、部屋から出て行った。

五

虎之介は、

「武蔵屋五兵衛という男を探ってもらいたいんだ」

と、言った。

「わかりました」

民部は承知をしたが、どうして虎之介がそんなことを頼むのか訝しんだ。

民部の心中を察した虎之介は他言無用だぞ、と釘を刺してから打ち明けた。

「おれは、叔父である大目付岩坂備前守殿の手伝いをしているんだ。暇つぶしと小遣い稼ぎのためなんだがな」

「大目付さまの……」

民部は首を捻った。

「大目付は大名の監察役だ。今回、寺社奉行昇進が内定している上総国一之宮藩主兵藤美作守成義の身辺内偵を頼まれた。兵藤は武芸熱心の大名であるのは間違いないが、一方で商人との繋がりも太いようだ」

虎之介は成義と繋がりの深そうな呉服屋の武蔵屋五兵衛を探索して欲しい、と民部に頼んだ。

「呉服屋に限らず商人を探るに、八丁堀同心程の適任はないからな」

虎之介は言い添えた。

自分は半玉扱いされている身です、とは言えないし言いたくはない。虎之介の役に立ちたい、と民部は強く思った。武芸の腕に惚れ込むと同時に飾らない人柄に魅力を感じたのである。

「お任せください」

民部は声を弾ませて引き受けた。

礼を言ってから虎之介はふと、

「そなた、八丁堀同心の役目に支障はないか。あ、いや、頼んでおいて今更訊くのもなんだが……町廻りだけでなく、お光殺しを探索しているのだろう」

と、民部の立場を気遣った。

「武蔵屋一件の探索くらいなら大丈夫です。お光殺しで浮かび上がった怪しげな侍を追っていることにします」

民部が言うと、

「なるほど、おれは怪しげな侍だ」

虎之介は声を上げて笑った。

「いえ、決してそのような……」

慌てて民部は取り繕おうとしたが、

「気にするな」

満面の笑顔で虎之介は民部の肩を叩いた。

明くる日早速、民部は武蔵屋にやって来た。

早朝に組屋敷の庭に立ち、竹刀で素振りを百回行った。息も絶え絶え、汗びっしょりとなったが、それは己の未熟さを示すものだ。

しかも、勢い余って前にのめったり、ひっくり返ったり、みっともないといったらなかった。修練を重ね、一定の間隔、調子で乱れなく百回の素振りができれば、剣術の基本が備わるのだ。

両腕に残る痛みに顔をしかめ、両の掌《てのひら》に出来た肉刺《まめ》を恨めし気に見てから武蔵屋の前に立った。

二日続きの好天とは打って変わり、花冷えのどんよりとした曇りの昼だ。

武蔵屋は五兵衛が一代で築いたそうだ。店に出て自ら接客をし、手代たちに指図をしている。実に活動的な男であった。

手代がにこやかに挨拶をし、町廻りお疲れさまです、と挨拶をしてきた。そのうえ、何か用事があるのか、と警戒の目をしていた。

「武蔵屋といえば、評判の呉服屋であるからな」

と、無難な言葉を返した。

ふと見ると、都から届いた小間物や反物《たんもの》が大量にある。

「都の反物や小間物も扱っておるのか」

民部の問いかけに、

「はい、都の呉服屋さんとも懇意にしておりますので」

手代は心持ち得意そうに答えた。

すると、大店の商人の娘と乳母《うば》と思しき数人が都からの品々を興味深そうに見つめた。民部の相手をしていた手代が頭を下げて応対した。

早速売れるのか、世の中には懐具合の良い分限者《ぶげんしゃ》がいるものだ、と民部は横目に見て武蔵屋を出ようとしたが、

「申し訳ございません。これらは売り先が決まっております」

と、手代は丁寧に詫び、今月中に追加の品が届くと説明を加えた。娘は残念そうな顔である。

まとまった品数だ。

売り先が決まっているということは何処かの武家屋敷であろうか。民部は探索の勘のようなものが反応した。

武蔵屋を見るに好立地な天水桶《てんすいおけ》の陰に民部は身を潜めた。

やがて、長持が二つ武蔵屋の前に止められた。小僧たちが都から届いた品々を長持に詰め始めた。

その場には五兵衛が立ち会う。

「もっと、丁寧に」

とか、

「これは、そちらに」

などと事細かに指図をした。小僧たちはおっかなびっくりに、五兵衛の顔色を窺って懸命に働いた。

まるで腫物《はれもの》を扱うような態度である。

それなら、店頭に置かなければよいだろうが、と民部は思ったが、

「商い上手か」

と、思い直した。

つまり、売り先が決まった品物でも並べることによって耳目《じもく》を引き、予約注文を取ろうという魂胆《こんたん》だ。特別の商品として一番目立つ所に置き、大々的に披露をしているのだ。

五兵衛が一代で大きな身代を築いた一端を見た思いだ。

長持に詰め終えたところで五兵衛が、

「行きますよ」

と、人足《にんそく》に声をかけた。

長持の行方を確かめよう、民部は尾行を始めた。

長持の脇に五兵衛が寄り添うようにして進む。よほどの上得意なのだろう。ということは虎之介が言っていた上総国一之宮藩主兵藤美作守の屋敷であろうか。

長持は芝を進み、やがて大きな寺院の山門に着いた。

浄土宗《じょうどしゅう》の寺院、連念寺であった。

小坊主が長持を迎え入れる。

「寺に豪奢《ごうしゃ》な着物に小間物か」

いかにも胡散臭《うさんくさ》い。

民部はしばらく間を置き、参詣《さんけい》の風を装って境内に足を踏み入れた。長持は庫裏《くり》に向かってゆく。

女人禁制の寺に運び込まれた女物の着物に小間物、きっと、表沙汰にはできないような真実があるに違いない。

民部の胸は高鳴った。

武蔵屋探索は民部に任せたものの連念寺は自分で探ろうと思い、虎之介はやって来た。

広々とした境内に参詣客はまばらである。これといった名勝がないせいだろう。この寺なら虎之介のような目立つ男がいても違和感はない。

ここは兵藤家の菩提寺だそうだ。

そこで墓所に足を向けた。小坊主に兵藤家の墓を確かめた。

足を向けると真新しい御影石《みかげいし》がある。刻まれているのは成義の父成元《なりもと》の名であった。

どうやら、菩提寺になったのは先代の頃からであった。先祖代々の菩提寺ではないということだ。

成義は連念寺の住職、西念と懇意になって菩提寺を移したのではないか、と思われた。

それを確かめるため、虎之介は境内に戻った。

すると、民部がいる。

民部は虎之介から声をかけられた。

「なんだ、おまえも来たのか」

虎之介は意外そうに声をかけてきた。

「船岡さまから依頼されました武蔵屋の探索を行ったところ、この寺に辿り着いたのです」

と、張り込みの経緯を簡潔に語った。

「そうか、武蔵屋と連念寺、密接な繋がりがあるようだな」

虎之介は顎を搔いた。

「臭いますね」

民部は両目を見開いた。

澄んだ瞳がきらきらと輝く。

虎之介は周囲を見回し、

「あれは何だ」

と、境内の隅に視線を向けた。民部も見やり、

「御堂のようですね」

入母屋《いりもや》屋根の立派な造りである。

濡れ縁が巡り、階《きざはし》の前には立ち入りを禁ずる札が立っていた。

虎之介と民部は御堂に向かった。

間近で見上げると、檜の香が立ち上り、屋根の頂きには黄金の鳳凰《ほうおう》が飾られていた。

「なんでしょうね」

民部は首を傾げた。

「何か曰くありげだな」

虎之介もうなずいた。

御堂の中から賑やかな声や音曲《おんぎよく》の音が聞こえてきた。程なくして武蔵屋の手代たちが長持を運んで来た。

階の下に立ち、

「武蔵屋でございます。お品物をお持ちしました」

と、声をかける。

観音扉《かんのんとびら》が開く。

手代たちは階を上がって長持を運び込んだ。

女の嬌声《きようせい》が上がった。

虎之介と民部は近づき、御堂の中を見た。手代たちが長持から華麗な小袖や銀の花簪を取り出した。

もっとよく見ようとしたが観音扉が閉じられた。

「御堂で宴を張り、武蔵屋の小袖、小間物を物色しているのは、兵藤家の奥向きのみなさまでしょうか」

民部が推測すると、

「それなら、武蔵屋が兵藤の屋敷に赴《おもむ》けばいいじゃないか」

虎之介は否定した。

「となりますと……」

民部は思案を巡らせた。

「ここは、増上寺《ぞうじょうじ》に近い。かつての絵島《えじま》じゃないが、大奥の御年寄が公方《くぼう》さまの側室の代参《だいさん》をした帰途《きと》かもしれんぞ」

うれしそうに虎之介は両手をこすり合わせた。

「まさか、大奥」

口を半開きにして民部は御堂を見た。

すると扉が開き若い男が出て来た。紫地に桜を描いた艶やかな小袖を着流し、鯔背《いなせ》銀杏《いちょう》に結った髷、役者絵に描かれそうな男前である。武蔵屋の手代ではないようだ。

男は酔い醒ましに出たようで濡れ縁に立ち火照った顔に風を受け始めた。すると、女が出て来た。華麗な小袖を身に着けた、一見して奥女中である。

女は男の背中に顔を埋め、抱きしめた。

「お戯《たわむ》れはおやめくだされ」

男は女のような柔らかな声音で注意をするとやんわりと女の手を解き、二人で御堂の中に入った。

「ふん、よろしくやってやがる」

虎之介がくさすと駕籠《かご》がやって来た。身分ある女性が乗る、「女乗物」と呼ばれる螺鈿《らでん》細工の豪華な駕籠である。虎之介と民部は御堂の縁の下に潜り込んだ。

頭上から慌ただしい動きが伝わってくる。一行は帰り支度を始めたようだ。横に大きな樫《かし》の木がある。虎之介は民部に目配せをする。二人は縁の下から抜け出し、樫の木陰に身を寄せる。

絢爛《けんらん》たる打掛《うちかけ》に身を包んだ大年増の女が出て来た。すかさずといったように先程の若い男が付き添い、女の手を取って階を下りるのを助けた。

女は駕籠に向かう。

次々と女たちが御堂から出て来る。大奥の御年寄と奥女中たちに違いない。

奥女中たちにも駕籠が用意された。

最後に先程の奥女中と男が連れ立って駕籠に向かった。奥女中は男と言葉を交わすのに夢中だ。

すると、

「早くなさい！」

大年増の女は奥女中に向かって金切り声を上げた。気が立っているのか険しい顔で両目が吊り上がっている。奥女中は平身低頭で男と離れた。

一行は去っていった。

その時、雨粒が落ちてきた。程なくして風も強くなり、春雷《しゅんらい》が鳴った。

「春の嵐だな」

虎之介は木陰から出た。民部も続く。

雨、風は強くなる一方で、たちまちにしてあちらこちらに水溜まりが出来た。そこへ、雨水を蹴立てる足音が響き渡った。

黒覆面で顔を隠した侍が五人、虎之介と民部の前に立ちはだかる。

何者だ、と虎之介が問いかける前に彼らは抜刀した。民部は腰の十手を抜いたが、未熟な素振りの後遺症、両腕と掌の肉刺が痛み、持つのがやっとだ。

それを見逃さず、

「おれの背中に貼りつけ。勝手に動くな」

虎之介はきつく言い置き、大刀を抜いた。刃渡り二尺三寸のいわゆる定寸《じょうすん》よりもずいぶんと長い。大太刀程ではないが、三尺近くはありそうだ。

敵は見慣れぬ長寸の大刀を抜かれ、一瞬たじろいだ。それでも、二人が斬りかかってきた。

虎之介はどっしりと腰を落としたまま、左右に刃を払った。刃がぶつかり合う金属音に雷鳴が重なる。

虎之介の斬撃に二人は右腕を斬られ刀を落としてしまった。二人に代わって三人が襲いかかる。虎之介は水たまりを蹴飛ばした。

水がかかった三人の動きが止まる。

「引け！」

一人が声をかけ、五人は逃げ去った。

「何者でしょう」

手合わせをしていないのに、民部は胸の鼓動が高鳴っている。

「大奥の警護役か。そんな組織があるとは聞いたことがないがな。ま、そのうち、わかるさ」

虎之介は大刀を鞘に納め、雨空を見上げた。

# 第三章　兄の無念

一

五日の朝、民部は八丁堀にある南町奉行所同心柳川喜平治《やながわきへいじ》の組屋敷を訪問した。兄兵部の妻、つまり義姉聡子《さとこ》の実家である。兵部亡き後、聡子は実家に戻っていたのだ。

母屋の居間で聡子に会った。

「しばらくです。姉上、お元気そうで何よりです」

民部は快活に挨拶をした。

聡子は民部より一つ年上の二十六歳、明朗快活で賢い女性だ。すらりとした細身の身体を弁慶縞《べんけいじま》の小袖に包み、鼻筋が通った顔は美人であると共に意志の強さを窺わせた。

「民部殿、すっかり八丁堀同心らしくなられましたね」

聡子はにこやかに言ってくれた。世辞とわかりつつも悪い気はしない。それどころか、励みになった。とは言っても誇ることなく、

「まだまだです」

民部は謙虚に返した。

「そんなことはありませんよ。小銀杏の髷が様になっています」

親切にも聡子は言い添えた。

「格好はなんとかしておりますが、肝心なのは中味です」

「もっともですが、民部殿の言葉の端々には自信が感じられます。皮肉ではありませんよ」

「ありがとうございます」

民部は軽く頭を下げた。

聡子は今川焼を用意してくれた。

どうしても兵部に関する悪い噂が脳裏に蘇る。不正を働いていた、過分の付け届けを受け入れていた、もちろん、信じられないが、長崎留学の費用を工面してくれたのは事実だ。

八丁堀同心の禄《ろく》だけで賄《まかな》えるものではないのだ。

「ところで、兄上はわたしの長崎留学費用を用立ててくれました。さぞや、苦労をかけたことだと思います。よくぞ、捻出できたものだと感心しております。姉上にもご負担をかけたのではないでしょうか」

遠回しながら疑問点を話題にした。

「民部殿、悪い噂を耳になさったのですね」

さすがは聡子である。民部の意図を察してくれた。

「実はそうなのです。兄がよもや不正など働いていたとは思えません。信じております。しかし、一方で心配なのです。なんだか、申しておることが矛盾しておりますが」

「民部殿は苦しんでおられるのですね。ご心配には及びませんよ。兵部殿にやましいことなど何一つありません」

少しの躊躇いもなくきっぱりと疑いを否定してくれた。

それでも言葉足らずと思ったのか、

「兵部殿は民部殿の長崎留学費用を用立てるため、自分の番ではない宿直《とのい》を買って出たり、武芸好きの直参旗本方に十手術の指南に出向かれたのです」

兵部は南町奉行所一の十手術の達人と称された。竹内流十手術を修練し、それに加えて豊富な捕物経験に基づいた実戦的な十手使いは南町奉行所ばかりか北町奉行所、更には火盗改《かとうあらため》からも一目《いちもく》置かれていた。

そんな兵部であれば、十手術を学びたい武芸好きの旗本から引く手数多に声がかかっただろう。

民部は兵部の形見の十手を腰から引き抜くと両手で捧げ持ち、頭を下げた。涙で十手が滲んだ。聡子に涙は見せまい、と必死で堪え十手を腰に戻した。

ふと、聡子が夜なべで針仕事をしていたのを思い出した。兵部や民部、佳乃や自分の着物を繕っていると言っていたが、民部の留学費用を用立てるために内職をしていたのではないか。

「姉上、夜遅くまで針仕事をなさっていましたが、あれはひょっとして……」

ここまで問いかけたところで、

「よいではありませぬか」

聡子はいなすように止めた。

民部はうなずき、心の中で兵部と聡子への感謝の言葉を並べた。

「姉上、ありがとうございます。わたしは、兄を疑った自分が恥ずかしいです。とても、恥じ入ります」

民部は言葉通り、肩を落としてうつむいた。

「それだけ、民部殿は兵部殿を慕っておられるのですよ。とても大事な兄上ですから、あれこれと考えてしまうのです」

聡子は理解を示してくれた。

「そうおっしゃって頂ければ、本当にありがたいです」

晴れ晴れとした気分となって民部は言った。

聡子は縁側に出た。

「良き日和《ひより》ですね」

空を見上げ、聡子はしみじみと言った。兵部と過ごした日を思い描いているのだろうか。きっと、再嫁先をあれこれと勧められているのだろう。

民部だって聡子がこのまま独り身を通すのを望んではいない。

「まこと」

民部も縁側に立った。

「あとは、お嫁さんですね」

聡子は言った。

「いや、まだまだです」

つい、頬がぽっとなってしまった。

「そんなことありませんよ」

「ですが、まだ、わたしには」

「嫁を娶《めと》ってから、家庭が落ち着くのですよ。そうではありませんか」

「そうかもしれません」

民部が受け入れると聡子はにっこり微笑んだ。

「姉上も……」

言い辛いことだが民部は再婚を話題にした。

「わたくしは、行きません」

きっぱりと聡子は否定した。

「兄への遠慮はいらないと思います」

「遠慮ではありません。好いているのです。今でも」

なんのてらいもなく聡子は言った。

決してのろけのような浮ついたものではない。未だ、夫婦のしっかりとした絆が感じられる。

「では、これにて」

民部はなんとなく居たたまれなくなり、聡子の下《もと》を去った。甘酸っぱいものが胸にこみ上げた。

二

明くる日、奉行所の同心詰所に出仕すると中村勘太郎が近づいて来た。

「お光殺し、大々的な聞き込みが行われることになったぞ」

中村は民部の頑張りを称えた。

思わず破顔《はがん》したものの、

「いえ、わたしは、間違ってばかりおりました」

謙虚さを示したのではなく、民部の本音である。

「年長の同心として偉そうに言うがな、探索は間違いの積み重ねだ」

中村の言葉はさすがに経験豊かな同心だけに、重みがある。

「はい、くじけずに頑張ります」

素直に民部は応じた。

「その意気だ」

中村は民部の肩をぽんぽんと叩いた。

ふと、

「どうにも気になることがあるのです」

と、表情を硬くした。

民部の心中を察したのか、

「歩きながら話すか」

と、中村は詰所の外に出た。

民部は中村と並んだ。

「兄が亡くなった時の捕物について詳細を知りたいのです」

民部の頼みに、

「そうか……辛かろうが知っておくべきだな」

中村は理解を示してくれた。

「下手人は捕まっていないのですね」

念を押すように民部は確かめた。

「あれは確か」

おもむろに中村は語り出した。

昨年の師走《しわす》二十五日の夜、兵部は江戸市中を荒らし回っていたムササビの藤吉《とうきち》捕縛に向かった。藤吉一味の隠れ家を突き止めたというのだ。

急遽、南町奉行所は捕物出役《とりものしゆつやく》を決定した。

「何せ急なことでな。捕方の編成は万全とは言えなかった。与力殿一騎、同心は兵部殿とわしの二人だけだったがどうにか小者、中間を集めて二十人、と人数は揃えた……」

兵部によると、藤吉一味は七人ということだったが、確証はなかった。十人以上かもしれないとも危惧された。また、藤吉は関東取締出役、通称八州廻り崩れ、しかも相当の手練れという噂があった。

それでもこの機を逃せば藤吉捕縛はできないかもしれないという奉行所の焦りと十手術の達人香取兵部が捕物に当たる、という点が加味されての出役であった。

「藤吉一味の隠れ家は芝三島町《みしまちよう》の外れにあった無人屋敷であった。兵部さんの意気込みは凄まじく、わしらも兵部さんの気迫に後押しされて藤吉一味を捕縛しにいった。ところが……」

中村はため息を吐き、首を小さく横に振った。

「ところが、どうしたのですか」

ここが肝心なところだろうという思いで民部は問いかけた。

民部を見返し中村は口を開いた。

「何人もお縄にし、兵部さんは藤吉も十手で打ち据えた。これで、藤吉一味捕縛は成ったか、と思った時だ。不意に背後から藤吉の子分が兵部さんに襲いかかった」

兵部は匕首《あいくち》で背中を刺された。

「藤吉をお縄にできる、と兵部さんもわしらも油断したんだ。わしがもっとしっかりしておれば、周囲に目配りを怠らなければ……」

中村は天を仰いで絶句した。

兵部が刺され、捕方が浮足立つ中、藤吉は子分と逃亡したそうだ。

「と、まあ、こんな経緯だ」

語り終えると中村は疲れたようにうなだれた。

「そうですか」

民部は言葉を返せない。

「その盗人一味は火盗改が追っているんだが……」

中村の言葉は曖昧に濁った。

「どうしたんですか」

民部は嫌な予感に囚われた。

「火盗改の御頭が交代したのでな」

火盗改の御頭は直参旗本の先手組《さきてぐみ》の組頭が加役として兼務する。任期はまちまちだが、一年か二年という短期で交代する者が多い。寛政《かんせい》の頃、「鬼平《おにへい》」の異名を取った長谷川平蔵《はせがわへいぞう》が八年に亘って務めたのは例外だ。

つまり、中村が言いたいことは、兵部を殺し、逃亡した盗人一味の探索、ちゃんと引き継がれているのだろうか、という懸念であった。

「すまぬ」

中村は自分ごとのように詫びた。

民部は自分の手で下手人を挙げる、という決意をした。

「中村さん、言い辛いことをお話しくださり、ありがとうございます」

「いや、礼を言われることではない。我らも火盗改に任せきりであったのだからな」

中村は頭を振った。

十日の朝、再び大川に女の亡骸が浮かんだ。

民部と中村は両国西広小路の自身番に運び込まれた亡骸を検めた。今度はわざわざ肺の腑を調べるまでもない、誰の目にも殺しであった。

すなわち、女は右の肩先から鳩尾《みぞおち》にかけて袈裟《けさ》懸《が》けに斬り下ろされていたのである。

土間に敷かれた筵に寝かされた女の亡骸にあって目をひくのは、刀傷の他に着物であった。

錦の華麗な小袖を身に着けている。両国橋の橋桁に引っかかっていたため、着物は流されずにいたのだ。

「どちらかの武家屋敷の奥女中ですかね」

民部が語りかけると、

「身形からすると大身の旗本か大名の奥女中、あるいはひょっとすると大奥勤めか……となると、すぐに身元はわかるだろう」

目を凝らし亡骸を見ながら中村は言った。

「すぐに聞き込みを始めます」

民部は言ってからふと、

「おや」

と、女の脇に身を屈めた。

「どうした」

中村も腰を屈めた。

「簪なんです」

髪は乱れているが簪は挿したまま残っていた。

民部は簪を引き抜いた。

「わしは女物の小間物には不案内だが、ずいぶんと珍しい形をしておるな。値も張るだろう」

中村が言ったように桜の花を象《かたど》った珍奇《ちんき》な簪だ。

「京の都で舞妓が挿す花簪ですよ」

民部は中村に手渡した。

受け取ってから、

「ほう、花簪な」

感心したように中村はしげしげと眺めた。

明り取りの天窓から差す陽光を受け、簪は煌《きら》びやかに輝いた。武蔵屋が都から取り寄せた品物だ。ということは、この女は……。

民部は身を屈め、女の顔をよく見た。

両目がむかれ断末魔《だんまつま》に彩られた凄惨《せいさん》極まる形相であったが、見覚えがある。そう、連念寺にいた女だ。

「この者、大奥の奥女中です」

民部は言った。

「なんだと」

中村は素っ頓狂な声を上げて立ち上がった。

民部も腰を上げる。

「どういうことだ」

中村は訝しんだ。

民部は偶々《たまたま》、連念寺で大奥の一行が休憩していたのを目撃したのだという説明を加えた。

「なるほど、大奥か」

中村は唸った。

「大奥の奥女中の一件を町方が探索するのは禁じられましょうか」

「江戸市中で起きた殺しだ。町奉行所が探索して当たり前だ」

中村の言葉は力強く逞しく感じられた。

「ところで、お光殺しとは関係するのでしょうか」

改めて民部は問いかけた。

「すぐに結びつけるのはいかにも早計だがな……」

中村は判断しかねるように首を傾げた。

「そうですね。まずは、思い込みをせず、殺しの探索に当たらないといけませんね」

自戒《じかい》の念を込め、民部は言った。

「その通りだ。ともかく、大奥にお報せしなければならんな」

探索を行うと決意を示したものの、中村は気が重そうだ。

「船宿の女将と大奥の奥女中……関係がありそうでなさそうで」

民部も言葉とは裏腹に、お光殺しとの関連への拘《こだわ》りを捨てきれない。

「さて、どうする」

中村がため息を吐いた時、医師の小野寺が入って来た。

「またも、殺しか」

小野寺は肩をそびやかした。

ちらっと民部を見る。

「今度ははっきりしていますよ」

民部が言うと、

「どれ……これは惨いな」

小野寺は呟いた。

小野寺の診立てを待つまでもなく、女は一刀の下に惨殺された。刀傷からして、下手人であろう侍は腕が立つと想像できる。

殺された女は大奥の中藹唐橋《ちゅうろうからはし》付きの奥女中染子《そめこ》だとわかった。

三

非番となり、民部は瀬尾道場に稽古に行った。

竹刀で素振りをすると虎之介が近づいて来た。つい、緊張してしまう。しかし、それで動きが乱れては負けだ。

平常心を保て、と自分に言い聞かせる。

「上達しておるぞ」

ごく自然な口調で虎之介は誉めてくれた。

素振りをやめるように虎之介は門人たちに告げてから、

「本日、稽古を早めに切り上げる。ついては、瀬尾先生について出稽古に赴いてもらいたい」

と、告げた。

門人たちはざわめきつつ両の板壁に沿って正座をした。

瀬尾全朴はその剣の腕によって方々の武家屋敷から声がかかる。いつも、赴く時は門人の一人を連れてゆく。

瀬尾の剣を目の当《ま》たりにできること、稽古先の武家屋敷でのもてなし、礼金のおこぼれにあずかることができる、とあって、門人たちはみな選ばれたがっている。

大抵は技量ある門人が選ばれるため、民部は選ばれないと、気楽に構えた。

すると、そこに瀬尾が入って来た。みな、一斉に礼をした。

瀬尾は還暦を過ぎ、白髪混じりの髪を総髪に結っている。焦げ茶色の小袖に袴、それに同色の袖無羽織を重ねていた。

一見して、剣術家というよりは学者といった風だ。額に太い皺《しわ》を刻み、口元に微笑をたたえ、穏やかな表情で門人たちを見回した。

「みな、研鑽を積んでおるようじゃな」

にこやかにみなに語りかける。

みな、真剣な顔で瀬尾の視線を受け止めた。

「では」

瀬尾はみなを見回してから、

「そなた……香取民部、供をしてくれ」

と、意外にも民部が指名された。

戸惑いながらも、

「はい」

民部は凛《りん》とした声で返事をした。

「行くぞ。身支度をせよ」

瀬尾は命じた。

支度部屋で着替えをしていると、虎之介が入って来た。

「船岡殿の配慮ですか」

きっと、虎之介が民部を推薦してくれたのだと思い、そう尋ねた。

「それが違うのだ」

否定してから虎之介は瀬尾の方から民部を供にしたい、と言ってきたと打ち明けた。

「それは、いかなる訳でしょうか」

民部は首を捻った。

ありがたさよりも疑念が生じたが、それは師に対して非礼だと心中で反省した。

「はっきりはわからぬが、そなたの兄上のことを気にしておられた。兵部殿についてそなたに話があるのかもしれぬ」

虎之介の推測が当たっているのかどうかわからない。しかし、大いなる興味を抱いた。

「失礼のないように努めます」

民部はうなずいた。

瀬尾について、民部は三軒の旗本屋敷を回った。瀬尾は手取り足取り、旗本たちを指導した。実に的確に、相手の足りない点を指摘し、良い点はさらに伸びるような指南を行った。

舌を巻きながら民部は瀬尾を見ていた。

出稽古を終え、

「腹が減ったな」

瀬尾は胃の腑の辺りを手でさすった。

しまった、と民部は悔いた。瀬尾の好物を虎之介に確かめていなかったのだ。

稽古先の旗本屋敷から食膳を勧められたが、瀬尾は遠慮した。それは、遠慮という
よりは民部と二人きりで話をしたい、ということを物語っているようだ。

「先生、お好きな……」

ここまで問いかけたところで、

「蕎麦でも手繰るか」

と、瀬尾は飄々とした足取りで歩き出した。

芝神明宮の近くにある蕎麦屋に入った。

暖簾を潜り、小座敷を使いたい、と瀬尾が頼むとすぐに案内された。

小座敷に入ると瀬尾は、

「酒と蕎麦味噌、蒲鉾《かまぼこ》……それから」

と、民部に視線を向け、

「腹が空いていよう。かき揚げの天麩羅を食べような」

と、優しく気遣ってくれた。

もちろん、民部に異存はない。

ちろりが運ばれ、民部が酌をしようとしたが、

「手酌でゆく。歳を取った、胃の腑と相談しながら自分の調子で飲み食いをしたいのでな」

瀬尾は言った。

民部はうなずき、遠慮がちに箸を動かした。黄金色の衣に包まれた貝柱のかき揚げは、まことに美味で、あっと言う間に平らげてしまった。

舌鼓《したつづみ》を打つと、

「食べろ」

自分の分まで瀬尾は勧めた。遠慮することもなかろう、というより、胃の腑が求めていた。

頂きますと受け取り、一つめよりは時を要しながらも完食した。

さすがに二つかき揚げを食べると胸焼けがした。瀬尾は実に美味そうに、そして楽しそうに酒を飲んでいる。

民部の腹が出来た頃合いを見計らって、

「兵部殿が亡くなって、どれくらい経つかのう」

瀬尾は言った。

「間もなくで三月《みつき》です」

やはり、兵部のことで話したいことがあるようだ。

「そうか」

兵部を思い出すように瀬尾はゆっくりと猪口を呷《あお》った。

民部は黙って続きを待った。

「兵部殿は剣というよりは十手術を稽古しておった」

瀬尾は言った。

「兄は武芸達者だと耳にしたことがあります。先生からご覧になっていかがだったのでしょう」

民部は問いかけた。

「水準以上であったな。特に受けに関して、力量を発揮した。それは、町方の御用を担う者として必要だったのだろう。捕物において、町方はできる限り、生け捕りを基本とするからな」

瀬尾の言う通りだが、その言葉の端々に不信感が滲んでいる。

「朋輩の同心殿の話によりますと、兄はムササビの藤吉を頭領とする盗人一味捕縛の際に、一味の者から背後を襲われて命を落としたのだということでした」

民部が言う。

「そこじゃ」

瀬尾はぴしゃりと言った。

民部の背筋がぴんと伸びた。

「あれは、確か捕物の日の二日前であったか……兵部殿は夕暮れ、稽古を終えてからわしを訪ねて来た」

兵部はいつになく真剣な面持ちであった。

「わしに十手術の稽古を頼んだ。通常の稽古ではなく、わしには真剣、それと、何人かの門人には匕首を持たせてな。そして、兵部殿は両手に十手を持った」

それに、兵部は鬼気迫る表情であったそうだ。

南町奉行所随一の十手術の達人、武芸好きの旗本からも指南を求められる程の腕だった。その兵部がわざわざ瀬尾に稽古をつけてもらったのだ。

その目的は、

「兄は藤吉一味の捕物を想定していたのですね」

と、民部は言った。

「それ以外に考えられぬな。兵部殿は実に緻密《ちみつ》に物事を進める御仁であった。藤吉一味に関しても、敵の人数、素性を摑んでおった。兵部殿の報告が正しかった。藤吉一味は七人だったのだ」

中村の話によると、藤吉と子分一人を取り逃がしたということだ。

その取り逃がした子分に兵部は背後から背中を刺されたのだった。

「油断したのでしょうか」

中村の話では兵部が藤吉を十手で打ち据えたことで捕方一同に安堵が広がった。その油断に乗ぜられたのだ。

「そうかもしれぬ。そうではなかった、とは言い切れぬ。しかし、わしは兵部殿に油断があったとは思えぬ。敵の全てを捕縛していない捕物の最中、当然、周囲には目配り、気配りを怠らなかったに違いない。それが……」

ここで瀬尾は言葉を区切った。

「そのための稽古もしていたのですものね」

民部の胸にも疑問が渦巻いた。

「すると、どういうことになるのでしょう」

民部が問いかけた。

「藤吉一味の中で兵部殿が把握しておらぬ者がおったのかもしれぬ」

「藤吉一味は火盗改が追っております。その後、藤吉一味はなりを潜めておるようです」

民部は言った。

すると瀬尾は、

「ちょっとした座興《ざきょう》に付き合わぬか」

と、微笑んだ。

「はあ……」

瀬尾の意図が読めず、民部は戸惑いを示した。

「ならば、参るぞ」

酒など一滴も飲んでいないかのようなしゃきっとした所作で瀬尾は立ち上がった。

民部も気合いを入れた。

蕎麦屋を出ると、その裏手の小路を瀬尾は矍鑠とした様子で歩いて行く。民部は従うのみだ。

　やがて、潮風が濃くなった。

　町並みが途切れた所、荒涼とした野原に出た。

　そこに一軒のみすぼらしい小屋があった。

「ここは……」

　民部は訝しんだ。

「兵部殿がムササビの藤吉一味捕縛に当たった場所だ」

　瀬尾に言われ、民部は周囲を見回した。

「ここに、藤吉一味の隠れ家があったのですか」

　問いかけてから、内心で兵部殉職の地なのかと感慨に浸りそうになった。

「隠れ家ではない」

　瀬尾が否定したように、いくらなんでも掘っ建て小屋が建つ殺風景な場所のはずはない。

「では」

「ここが一味の盗品の隠し場所だと兵部殿は見当をつけたのだ」

　瀬尾は言った。

「なるほど、では、兄は藤吉一味が盗みを働いた後、ここに隠しに来るのを待ち構えてお縄にしようとしたのですね」

民部は言いながら、一体、何処に身を潜めたのだろうと視線を這わせた。民部の心中を察したように、

「あの小屋の中で息を詰めていたようだ」

瀬尾は言った。

兵部の考えは的中し、藤吉一味はまんまとやって来たというわけだ。そこで、兵部は小屋から飛び出して一味捕縛に当たった。

「奇妙ですね」

民部は呟いた。

灌木《かんぼく》が数本あるだけの野原である。いくら、背後から襲われたといっても、兵部は背後にも気を配っていたのだ。敵が近づけば勘付くはずである。

瀬尾は歩き出した。小屋に入るようだ。民部も続く。

小屋の前に立った。

瀬尾が引き戸に手をかけようとしたのを、

「わたしが」

と、民部が戸を開けた。

きしんで建付けが悪かったが、どうにか開けることができた。

四

まずは、民部が足を踏み入れると、

「ああっ……」

人が寝ている。

中は六畳程の広さで、板敷であった。その真ん中に浪人風の男が腕枕で寝ていたのだ。

浪人は、

「なんだ、人のねぐらに土足で踏み込んできおって」

と、もぞもぞと半身を起こし、怒りの眼で民部を見上げた。

夜目に慣れた目に浪人の顔がくっきりと浮かび上がった。

「あなたは……道場破りに来た……」

と、民部は口をあんぐりとさせた。

上州浪人須田大三郎である。

「おお、貴殿、瀬尾道場の門人ではないか」

須田も思い出したようだ。

「どうして、こんな所で寝ておられるのですか」

民部は問いかけた。

「ここはただで夜露を凌《しの》げるからだ」

悪びれもせずに須田は言った。

「それは、そうでしょうが」

民部が戸惑うと瀬尾がやって来た。民部が瀬尾を紹介した。

「瀬尾先生ですか、お留守中に道場で騒ぎました」

須田は詫びた。

「中々、骨のある御仁だと耳にしておる」

瀬尾は言った。

「あの時、師範代殿から頂戴した路銀、飲んでしまった」

恥ずかしそうに須田は言った。

「ここは、盗人一味と所縁のある場所なんですよ」

民部は言った。

「そうか」

須田はあくびをした。

民部は内心で苦笑をした。

すると、

「どうして、ここをねぐらにしたんですか。只だから、というのはわかりますよ。ですけど、ここにこんな小屋があるのをどうして知ったのですか」

民部は問いかけた。

「芝で一杯やっていた時に耳にしたんだ」

須田は安い宿はないか、と誰ともなく居合わせた客に問いかけたそうだ。すると、ここを教えてくれる者がいたのだそうだ。

「なるほど」

一応納得したものの、民部は胸のわだかまりが解《と》けない。

「いや、すみませんでした」

民部は瀬尾を見た。

瀬尾はうなずき、二人は小屋の外に出た。

「ところで、藤吉一味の盗品は見つかっていません」

民部は中村から聞いた話を持ち出した。

「そのようだな」

瀬尾は改めて野原を見渡した。殺風景な空間は盗人の埋蔵金があるような場所とはとても一致するものではない。

「すると、兄はガセネタを掴まされたということでしょうか。いや、そうじゃないな。実際に、藤吉一味はここにやって来たのだから……」

藤吉一味がここにやって来たのは盗品の回収である。江戸を逃げ出すつもりだったのだろう。自分たちの盗みの成果を回収するのは当然の行為である。

町奉行所はかなりの労力をかけて、盗品を探したが発見できなかった。逃亡した藤吉と子分が持ち去ったとも考えられる。

千両箱などではなく、高価な品物に変えていて、持ち運びが便利であったのでは、と中村は考えている。

果たしてそうだろうか。

考えれば考える程、兵部の死は謎めいていた。

「混乱させてしまったな」

瀬尾は言った。

明くる日、民部は中村に兵部の死について疑問をぶつけた。

「中村さんも捕物に加わっておられたんですよね」

「そうだ。実際のところ捕物の混乱にあってな、自分のことで精一杯だった。とにかく、藤吉一味を捕まえようとしてひたすら奮戦するばかりだった。兵部さんが藤吉を十手で打ち据え、これで捕物出役は成った、とすっかり安心してしまったのだ。それがいけなかった。気が付けば、兵部さんは藤吉の子分の刃に倒れていた。背後から襲われてな……すまんがな」

以前にも話してくれた兵部の悲劇を中村は悔恨《かいこん》の情を以《もつ》て繰り返した。

「中村さんの責任ではありません。悪いのは藤吉一味なのですから。それで、結局、藤吉一味の盗品は見つからなかったんですよね」

民部は問いかけた。

「そうだ」

悔しそうに中村は答えた。

「兄はどうしてあの野原を藤吉一味の盗品の隠し場所だと知ったのでしょう」

「探索の成果だろうが、そうだな……」

中村は躊躇いを示した。

「どうしたのですか」

「いや、これは、迂闊《うかつ》には話せないことだ」

中村は言った。

「話してください」

民部は懇願した。

「そうだな……だがな、これは、おれの勝手な想像で、聞きようによっては兵部さんを穢すことにもなる」

それでもいいか、覚悟はあるか、と中村は問いを重ねた。

「構いません。このままではわだかまりが胸に残ってしまいます」

民部は言った。

「よかろう」

中村は一呼吸置いた。

それから、

「兵部さんは、周囲が疑念を感じる程、非常に職務熱心であった。藤吉一味の捕縛についても、我らよりもよほど熱心に嗅ぎ回っておられた」

その中には博徒、やくざ者も含まれていた、という噂があった。

「そうした筋から手に入れた、ということでしょうか」

「兄はなんと申しておったのですか」

「申されなかった。万が一、藤吉一味にそれが漏れるとその者の身が危ういということであった。一味を一網打尽《いちもうだじん》にした後に明らかにする、ということであったな」

「ということは、ひょっとして一味の中の裏切り者を確保したということでしょうか」

「そうだろう、とわしも見当をつけた」

中村は言った。

なるほど、そういうことか。一味の中で裏切り者を兵部は見つけた。裏切り者の情報により、捕物出役を整えた。あの野原に盗品が隠され、あの日に、藤吉一味があの野原にやって来る、と聞いたのだ。

しかし、裏切り者は兵部を更に裏切った。

内通者だと信じていた一味の者に寝返られたのだ。それとも、最初から裏切ったと見せかけたのか。

それで、兄は命を落とした。

焦りがあったのか。

ムササビの藤吉一味捕縛という大手柄に欲が出てしまったのか。

「兵部さん、責任感が強い方だったからな、なんとしても藤吉一味をお縄にしようと必死だったのだろう」

中村は言った。

「藤吉と逃げたという子分、その子分こそが兄を陥《おとしい》れた者ですか」

民部は言った。

「そうだろうな」

中村はうなずく。

民部はため息を吐いた。

「すまん」

中村は頭を下げた。

「やめてください。中村さんの責任ではない、と申したではありませんか」

民部は言った。

「そうだが、わしももっと関心を抱くべきだった。もっと、緊張して捕物に臨むべきだったのだ」

盛んに中村は悔いの言葉を並べた。

「なんとしても藤吉と子分を捕まえます」

民部は決意を示した。

「そうだが……」

火盗改が引き継いだ、と中村は言いたいようだ。職分を侵すことは許されない。

「わかっています。火盗改の職分ですね。ですから、火盗改に引き渡します。手柄を立てようとは思いません。ただ、この手で藤吉と子分をお縄にしたいのです」

語るうちに身体が熱くなる。

「民部の気持ちはわかるがな」

中村はうなずく。

「もちろん、本来のお役目を優先させます。それは当たり前のことです」

「それは、そうだが」

中村は心配そうだ。

「大丈夫です。中村さんに迷惑をかけることはありません」

民部は笑顔を見せた。

「迷惑などとは思っておらん。ただ、おまえも兵部さんみたいにのめり込んでしまって周囲が見えなくなるのを危ぶんでおるんだ」

表情を引き締め中村は言った。

「心配いりませんよ。わたしは、これで、不真面目なんです……自慢することではありませんが」

民部は笑った。

「そうか」

中村も微笑んだ。

## 五

虎之介は番町《ばんちょう》にある大目付岩坂備前守貞治の屋敷に呼び出された。

岩坂は御殿の濡れ縁で植木の手入れをしていた。その姿は好々爺然《こうこうやぜん》としており、商家のご隠居さんといった風である。

「何用ですか」

虎之介は早速用件に入った。

「そう、せかすな」

岩坂は慎重な手つきで枝切鋏を使いつつ、返した。仕方がない。岩坂は植木となると目がない。じっと我慢して終わるのを待った。

ようやく、

「よしよし」

と、満足の笑みを浮かべ手入れを終えた植木に見入った。

「どうじゃ、中々のものであろう」

得意そうに問いかけてくるが虎之介に植木の趣味はないし、興味も抱かない。それでも、

「幽玄《ゆうげん》な世界ですな」

などと訳知り顔で返した。

岩坂は植木を濡れ縁に置き、虎之介に向き直った。

「唐橋殿じゃがな」

と、表情を引き締める。

虎之介は身構えた。

「とかく、噂のあるお方じゃ」

「どのような……」

「今絵島……などとな」

岩坂はくすりと笑った。

その一言で見当がついた。

絵島とは七代将軍徳川家継《いえつぐ》の頃に醜聞を巻き起こした大奥御年寄である。

正徳《しょうとく》四年（一七一四）、六代将軍家宣《いえのぶ》の側室で家継の生母であった月光院《げっこういん》の名代《みょうだい》として絵島は芝増上寺に参拝した。その帰り、大奥御用達《ごようたし》の呉服屋の接待を受け、絵島一行は歌舞伎を観劇、更には山村座《やまむらざ》の看板役者、生島新五郎《いくしましんごろう》同席で飲食をした。一行は江戸城の門限に遅れ、咎められた。

この醜態には尾鰭《おひれ》がつき、絵島と生島新五郎は密通に及んでいた、という醜聞に成って世に広まった。

密通の真偽はともかく、大奥ばかりか幕府の体面にも関わる大事件に発展し、絵島は信濃国高遠藩《しなののくにたかとおはん》にお預け、生島新五郎は三宅島《みやけじま》に遠島《えんとう》、山村座は廃座、他にも関わったとされる者が多数処罰された。

芝居にもなった有名な事件で、大奥の評判を貶《おとし》めるものであったが、同時に大奥という庶民とは別世界を身近に感じさせもした。

つまり、唐橋は絵島のように役者を侍らせる、遊興好きということであろう。

連念寺の行いを見れば納得できる。

「殺された女中、両国の船宿で逢瀬を楽しんでおったようじゃ。相手は役者とか」

岩坂の話は民部の探索を裏付けるものであった。

「すると、どうして女中、染子というのですが、殺されたのか……しかもお光も……ま、それは考えるまでもないな」

と、前置きをしてから虎之介は、

「口封じだろう。お光は染子を脅したんだ」

と、断じた。

「ならば、染子も口封じをされたということか」

岩坂は問いかけた。

「そうなんじゃありませんかね」

躊躇いもなく虎之介は返す。

「ならば、染子と逢瀬を楽しんでおった役者も殺されるはずだな。今のところ、それらしき男の亡骸は見つかっておらん」

岩坂は言った。

「そうですな」

虎之介は顎を掻いた。

「しかし、どうも腑に落ちぬぞ」

岩坂は疑問を呈した。

「なんですか」

「思い過ごしかもしれぬ。わしは無粋《ぶすい》な男ゆえ、見当外れかもしれんがな」

「叔父貴にしては、遠慮がちな物言いですな」

からかうような物言いで虎之介は返したが、

「馬鹿、わしは真面目に申しておる」

岩坂は顔を歪めた。

すみませんと詫びてから虎之介は居住まいを正した。

「大奥の奥女中の惨殺死体よりも、世間の目を欺く格好の方法があるぞ。世間もむしろ、それを喜ぶ」

わかるかというように岩坂は言葉を止めた。

虎之介は、

「心中ですな。染子と役者を心中したように見せかけるのが一番だ。なるほど、叔父貴の言う通りだ。こりゃ、一本取られたな」

　虎之介は自分の額を手でぺしゃりと叩いた。

「それくらいのこと、気が回らないでどうする。それはともかく、役者が口封じされているかどうかはともかく、心中に見せかけはしなかったのは確かだ」

　冷静に岩坂は考えを述べ立てた。

「おっしゃる通りですな。すると、唐橋は役者の口封じをしなかったのか」

　虎之介は思案をした。

「わしはな、唐橋は役者を殺しておらんと思う」

「どうしてですか」

「少しは考えろ。ぼんくら者めが」

　とにかく、岩坂は口が悪い。

　一々、腹を立てていたら、付き合えない。

　虎之介の脳裏に連念寺での光景が浮かんだ。

　染子は男前の男、おそらくはそいつが役者であろうが、と仲睦まじく話をしていた。

　というより、染子の方が熱い眼差しを役者に注いでいた。

　すると、唐橋が、「早くなさい！」と、強い口調で叱責を加えた。唐橋の染子を見る目は恐ろしかった。

あの時は、出発の準備を前に、奥女中たる染子が男と睦みあっていることの怠惰さを憤怒《ふんぬ》していると思ったがそうではなかったのだ。

「唐橋は染子に嫉妬して殺したんだな。自分が可愛がっている役者といちゃいちゃしていたのに腹を立てたんだ。それで、殺した……」

虎之介は自分の考えを述べると、

「そんなところじゃろう。唐橋は染子を殺すことによって役者を脅したのじゃろうて。役者はさぞかし、怯《おび》えておるだろうよ」

岩坂は言った。

「女は恐ろしいな」

虎之介は苦笑した。

「まったくだ」

岩坂も肩をそびやかした。

「となると、役者を捕まえますか」

虎之介は言った。

「役者、どうであろうな。唐橋が町方から守っておるかもしれぬ。唐橋は町奉行所に圧力をかけておるのだ」

「そりゃ、無理筋ってもんだろう。いくら、大奥の権力者であろうと、江戸市中で起きた殺しの探索をやめさせることはかなり無理がある」

という虎之介の考えに、

「それはそうだがな……唐橋は強硬に町奉行所の探索をやめさせたのだ」

岩坂は困った、という表情になった。

「どうしてだ。殺しの探索をやめさせるような理由などあるまい。町奉行は承知しないであろうし、老中だって大奥の越権行為だと唐橋の言い分を受け付けないのではあるまいか」

まるで岩坂を責めるような口調になってしまった。

「ところが、唐橋という女、まこと悪知恵が回るというかのう……」

岩坂は苦笑した。

「どうしたというのです」

虎之介は焦れた。

「唐橋は自分の頼みで染子を殺させた、と打ち明けているのだ」

岩坂は言った。

「なんですと」

さすがに虎之介は驚きを禁じ得なかった。

「抜け抜けと唐橋は染子の不行状を言い立て、これでは、絵島事件の再来となってしまう。それでは、大奥にとって大きな打撃となる、よって自分の責任で染子を殺させた、と唐橋は言い立て、下手人探索の必要はない、と言い立てたのだ」

「では、直接、染子を殺した者は何者だと言っておるのですか」

「それは言えない、と。但し、殺しの責めは自分で負う、と唐橋は申しておるそうじゃ」

岩坂は忌々《いまいま》しい奴めと言い添えた。

「責めを負ったのか」

虎之介は呆れたように言った。

「自害を考えたそうだが、久美《くみ》の方さまに止められたそうだ」

はははは、と岩坂は乾いた笑いを発した。

「久美の方か」

虎之介も冷笑を浮かべた。

久美の方は将軍徳川家斉《いえなり》の側室である。しかも、数多いる側室の中でとりわけ寵《ちょう》愛《あい》を受けている側室として名高い。

「唐橋は久美の方の後ろ盾で強気に出たわけですな。久美の方も欺いたんじゃないですか」

「久美の方は唐橋の大奥を守りたいという忠義の心に打たれたそうじゃ。まったく、食えない奴じゃ」

「まんまと、唐橋の魂胆に久美の方は乗せられ、老中は丸め込まれ、町奉行は従うしかなくなった、というわけか」

「そういうことじゃ」

「とんだ茶番ですな」

虎之介は怒りを滲ませた。

「虎之介、面白くあるまい」

岩坂は言った。

「叔父貴もじゃろう」

「ああ、そうじゃ」

「ならば、やるか」

虎之介は言った。

「神君家康公下賜の鑓の錆にしてやれ」

岩坂は威勢のいいことを言った。

「よし、やってやるぞ。しかし、叔父貴も無事ではすまなくなるかもしれませぬぞ」

「おお、わしは、老い先短い身じゃ。おめおめとくだらぬ長生きをするよりも潔くこの身を散らすぞ」

岩坂は意気軒昂《いきけんこう》だ。

「よし、任せろ」

虎之介は闘志を漲《みなぎ》らせた。

六

民部は錦絵から連念寺で見かけた役者が市村座《いちむらざ》の沢村菊之丞《さわむらきくのじょう》と知る。

しかし、

「奥女中、染子殺しの探索は中止だってよ」

と、中村から知らされ、

「どうしてですか」

不満顔で問い直した。

「上から中止せよ、と圧力がかかったんだろうさ」

不満ゆえか中村は憮然としている。

「上……大奥ですか。しかし、殺しですよ。しかも江戸市中で起きたんです……すみません、中村さんに文句を言っても仕方がないですよね」

憤《いきどお》りそうになったが民部は気持ちを落ち着かせた。

「大奥にとっては不都合な何かがあるんだろうさ。だが、お光殺しの探索は町方の領分だ。だから、中止することはないさ」

中村は励ますように言った。

「そうですよね」

民部は、探索を続ける、と南町奉行所を出た。

すると、

「船岡殿……」

船岡虎之介が待っていた。

「大奥から圧力がかかっただろう」

虎之介に言われ、

「お察しの通りです」

民部は答えた。

続いて、

「しかし、お光殺しの探索までは大奥でも止められません。お光殺しも染子殺しも唐橋さまによる口封じでございましょう。ですから、お光殺しを明らかにすることは染子殺し、更には大奥の闇までも明らかにすることになると思うのです」

民部は言った。

「その通りだ。民部、ずいぶんと頼もしいことを言うではないか」

虎之介は言った。

「わたしは引きませんよ」

決意を示すように民部は続けた。

「おれだって」

虎之介も同意した。

「ところで、役者がわかりました」

民部は錦絵を示した。

「沢村菊之丞か。なるほどな。よし、こいつに当たりをつけるか」

「そうですね」

民部も同意した。

沢村菊之丞は病で休演中であった。

休演の理由は当然ながら唐橋の意向が左右しているのだろう。

「唐橋の手先となった侍たち、つまり、連念寺にいた侍たちですが、何者でしょう」

民部は言った。

「おそらくは、上総国一之宮藩兵藤美作守成義の家臣たちだ」

虎之介は断じた。

「兵藤さまはどうして唐橋さまにそこまで肩入れをなさるのでしょう」

民部の疑問に、

「寺社奉行就任のためだ。寺社奉行就任に当たって、唐橋の支援を受けたに違いないさ。そして、連念寺も深くつるんでいる。まったく、呆れた連中だ」

虎之介は言った。

「やはり、権力を手にしようという野心家たちの都合なのですね」

「世の中、そうしたもんだ」

「なるほど」

民部は失笑を漏らした。

「絵図面が見えてきたな。あとは、その絵をいかにして破り去るかだ」

虎之介は目を凝らした。

「絵図面ですか……」

思案をしつつ民部は応じる。

「さて、どうするか」

虎之介は思案した。

「噂をばら撒いてはどうでしょう」

民部が提案すると、

「面白そうだな」

虎之介は興味を抱いた。

「お光殺しの下手人として侍が浮上したことにします」

「南町が侍を追っている、という噂か。よかろう、それをおれが兵藤家の上屋敷に持ち込んでやろう」

虎之介は請け負った。

虎之介は兵藤家の上屋敷にやって来た。

今日も成義は道場にあった。それでも、稽古はしておらず、何やら沈鬱《ちんうつ》な面持ちである。虎之介を見ると、

「おお、こちらに参れ」

と、手招きをした。

「いかがされましたか。なんだか浮かない顔をなさっておられますが」

虎之介が言うと、

「まあ、ちとな」

成義は生返事をした。

「稽古にも身が入っておられませぬ」

更に虎之介は言う。

「よいではないか」

話を変えようとする成義に、

「よからぬ噂を耳にしましたぞ」

虎之介は言った。

「なんじゃ」

成義の目が鋭く凝らされる。

「兵藤家の家臣方が両国辺りの船宿を徘徊《はいかい》し、女将と深い仲になった。しかし、邪魔になって殺した、と」

虎之介は読売《よみうり》を成義に差し出した。

「下世話な」

成義は吐き捨てたが気になるようでさっと目を通した。

「ふん」

埒《らち》もないと捨て去ろうとしたが、

「こういうのを、民は喜びますからな」

虎之介に指摘され、

「まったく、しょうがない者どもじゃ」

愚かな民を嘲《あざけ》るような物言いを成義はした。

「その民を治めるのが公儀ですな。公儀の要職に就かれる美作守さまには無視できぬ記事だと思いますぞ」

ずけずけと虎之介は言った。

「まさしく」

痛いところをつかれ、成義は唸った。

「根も葉もない噂だとしても、火のないところに煙は立たない、というのをいいことに好き放題に噂話に興じるのが民というものでござる」

虎之介は言った。

「そういうものか」

成義も警戒した。

「よって、一度、家中を調べてみてはいかがでござるか」

「わしは家臣どもを信じておる」

「そりゃ、立派だが、思わぬ形で足元をすくわれることになる。美作守さまの立身を望まぬ方々もおられよう。そうした方々には格好の醜聞となるんじゃないかね。おれだったら、喜んで利用しますぞ」

虎之介は言った。

すると、成義の表情が引き締まった。

奏者番は三十人以上、その中から寺社奉行に選ばれるのは四人だ。いや、四人といっても、欠員が出なければ選任はされない。つまり、運にめぐまれなければ就任はできないのだ。

その数少ない機会に成義は恵まれた。当然、それを幸運と祝う者よりも妬《ねた》む者は多いだろう。

成義に醜聞が発生したり、重病を患《わずら》ったりして寺社奉行就任が滞《とどこお》るのを虎視眈々《こしたんたん》と狙う者ばかりである。

そのことは成義も自覚している。

「そうじゃな」

と、呟いた。

「それでこそ、美作守さまです」

煽《あお》るように虎之介は言い立てた。

# 第四章　疑惑の一真組《いっしんぐみ》

## 一

「そうだ、思い出した」

虎之介は両手を打ち鳴らした。

「いかがした」

成義は目をむいた。

「美作守さまの道場にて研鑽を積んでおられるご家来衆を集めてくださいませぬか」

虎之介の申し出に成義が戸惑った。

「一真組を……構わぬが……」

何故だ、という問いかけを成義は目に込めた。

「実は先だって芝の連念寺に詣《もう》でた際、大奥の御一行と思しき煌びやかな女性方をお見かけしたのです。境内に設けられた御堂で休息を取っておられましたな」

虎之介が言うと、

「ほう、そうか」

関心なさそうに成義は横を向いた。

「おれも男、しかも寡暮《やもめ》らしの身とあって、美しい女性にはついつい見惚れるのですよ。だらしなくやに下がってそっと窺っておったのです。美作守さまや一真組の方々からすれば、武士の風上にも置けぬ軟弱な男と烙印《らくいん》を押されそうですがな、まあ、ご勘弁を」

するると成義は苛々とし、

「それが、どうしたと申すのだ。大奥の一行らしき女性が連念寺参詣をしようが、休憩しようが大したことではあるまい。そんなことをわしに披露して、なんとする」

「ただの参詣や休息であれば、おれも目の保養になった、ということで済ましたんですが、その一行のやり取りの中で聞き捨てにできないものがあったのですよ」

「なんじゃ……」

成義の目が鋭く凝らされた。

「大奥の御年寄と思しき高貴な身形の女性が奥女中を叱ったのです。男と乳くり合っておったゆえ、叱責を加えられたのはもっともだが、その女中、染子と呼ばれておったのです」

実際には、唐橋は染子の名前は呼ばなかったが虎之介は鎌をかけた。

成義の目が彷徨った。

それでも、強気の姿勢を崩すことはなく、

「染子という女中がいかがしたのだ。話の筋が読めぬが」

「染子ですよ。兵藤家のご家来が斬ったのではないか、と読売が書き立てている大奥の女中は」

「それで、一真組との関わりをそなたも勘繰っておるのか。ふん、いささか強引に過ぎるであろう。連念寺が兵藤家の菩提寺ゆえ、そなたが見た大奥一行らしき女性どもと当家、一真組と関連付けておるのであろうが、いささか、根拠として薄弱であるぞ」

成義は小馬鹿にしたように鼻で笑った。

「ところが、おれは、兵藤家のご家来衆、おそらくは一真組の方々をお見かけした。見たどころではない、刃を交えましたぞ」

気楽な世間話のような口調で語りながら、虎之介は刀を振るう真似をした。

「戯言《ざれごと》を申すか」

成義の言葉の調子が僅かに乱れた。

「ですから、おれの見立てが正しいのか、はっきりとさせたいのですよ。一真組を集めて頂きたい」

強い目と口調で虎之介は言い立てた。

「よかろう。一真組とて濡《ぬ》れ衣《ぎぬ》を着せられては、身の潔白を立てたいに違いあるまい。そなたの叔父、大目付の岩坂備前守にも間違って伝えられてはかなわぬ。痛くもない腹を探られるのはまっぴらじゃ」

余裕の笑みを浮かべ、成義は承諾した。


道場に一真組が集められた。総勢二十人である。紺の道着を身に着け、五人ずつ四列に並んだ。みな、背筋をぴんと伸ばし、右手に木刀を持っている。

最前列の真ん中にいた組頭榊原房之介が一歩前に出て虎之介に一礼する。

「その方らに船岡から、話があるそうじゃ」

成義は一真組を見回した。

「いかなることにございましょう」

榊原は虎之介に視線を向けた。

すると、虎之介が話を切り出す前に、

「船岡はな、その方らと連念寺で刃を交えたそうじゃ。それだけではないぞ。大奥の奥女中染子を殺したのは一真組の仕業、と船岡は勘繰っておる。大目付の甥《おい》は疑り深いのお」

成義は声を上げて笑った。

一真組も追従《ついしょう》笑いをする。

ひとしきり笑ったところで、

「わが家中にそのような不届き者はおらん！」

一転して成義は険しい顔で言葉を荒らげた。

虎之介は動ずることなく一真組の前に立ち、

「果たして、そうですかな。何やら、寺でお見かけしたような」

と、視線を這わせた。

虎之介の視線を逃れるように目を伏せる者がいた。あの時、黒覆面で顔が隠されていたので面はわからない。

漂う雰囲気、虎之介の視線を恐れる者、そして腕を怪我している奴らだ。連念寺ではニ人の腕に怪我を負わせた。

すると、袖から晒《さらし》を覗かせる二人がいた。

「そなたとそなた」

虎之介は二列目の両端に立つ者を指差した。

「この者たちがいかがした」

成義が問うた。

「先程来申しております連念寺で刃を交えた者たちですな」

わざと快活に虎之介は返した。

「そんな馬鹿な」

成義は一笑に伏した。

「いや、おれの目は確かだ」

虎之介は抜刀し、男たちに向かった。

男たちは咄嗟《とっさ》に木刀で身構えた。腰を落とし、大上段に構えたが怪我が障ったのだろう、顔が苦痛で歪み、木刀の先が震えて定まらない。

「腰を落としての大上段の構え……何より、右腕の怪我、おれが負わせたものだ」

虎之介は納刀《のうとう》して成義を見た。

これには成義も否定はできず、

「その方ども、何故、船岡と刃を交えたのだ。馬鹿者めが」

成義が家来を叱責した。

二人は答えられない。

「さては、小遣い稼ぎか。どうじゃ、服部《はっとり》、工藤《くどう》」

成義は両目を吊り上げた。

服部が、

「申し訳ございませぬ」

と、詫びた。工藤も頭を下げる。

「一真組の名を穢しおって！」

成義は顔を歪ませて怒鳴る。

服部と工藤は平伏した。

成義は虎之介に、

「そなたに誤解を与えたようじゃな」

と、思わせぶりな笑みを浮かべた。

「誤解、と申されるといかなることですかな。わかりやすく話してくだされ」

「そなたが、そこまでこの二人に拘るのがわからぬな」

成義は首を捻った。

「申したはずですぞ、大奥の奥女中を斬った侍、兵藤家の者である、とな」

虎之介が言うと、

「読売のような下世話なものを真《ま》に受けるとは、船岡虎之介、神君家康公下賜の鑓が泣くぞ」

憮然と成義は返した。

「これは、きついお言葉ですな。なるほど、読売は下衆《げす》の読むもの。いくらおれが馬鹿だと言っても頭から信じるものではない。おれは、自分の見聞きしたものを信じるのです。寺でこの二人と斬り結んだ。二人以外にも何人かが大奥一行を守っておった。服部氏と工藤氏ばかりか残りの三人も一真組の方々でありましょう。方々が警護しておった大奥一行の中に染子がおった。染子は役者沢村菊之丞と乳くり合っておったのです。それを御年寄唐橋殿が憎悪の目で見ておったのも、おれはこの目で確かめた。色恋沙汰に疎《うと》いおれでも、唐橋殿も沢村菊之丞に熱を上げ、悋気《りんき》を起こして染子を始末させたのだと想像できますな」

虎之介は推量を捲し立てた。

「それこそ、下衆の勘繰りであるぞ、船岡虎之介」

成義は豪快に笑い飛ばした。

「下衆の勘繰りでしょうが、的外《まとはず》れな考えではないと存じますぞ」

胸を張って虎之介は返した。

「ならば、わしから真実を教えよう。そなたと斬り結んだのは工藤と服部に違いはない。残る三人も一真組の者どもじゃ。なるほど、そなたに刃を向けたのはこ奴らの迂闊さであった。そのことはわしが謝る。じゃがな、こ奴らの立場を思えば無理からぬ行いでもあった。連念寺は当家の菩提寺、墓荒らしや盗人どもに備えて一真組が警護に当たっておるのじゃ。そなたを曲者《くせもの》と勘違いしたのであろう」

軽く頭を下げ、成義は堂々と申し開きをした。

「おれを襲ってきたのは認めるが、染子殺しについては否定なさるのですか」

虎之介は問いかけた。

「繰り返すが、服部や工藤たちは度を越しておったのかもしれぬ。そなたに刃を向けたのは許すまじき所業《しょぎょう》じゃ。だがな、ここが肝心な点であるが、連念寺を守っておったのであって、大奥一行を警護しておったのではない」

成義は否定した。

「お言葉ですが、連念寺を警護していたのであったら、何故、大奥一行の行列を守っておったのですか。おれは、墓荒らしや金目の物を求めて境内をうろついてはいなかったのですぞ」

虎之介は問いを重ねる。

「あれは、服部、工藤らの勝手なる振る舞いである。この者ども、大奥から銭金でも受け取ったのだろう」

「ならば、偶々、居合わせた大奥から警護を頼まれた、ということですな」

虎之介は服部と工藤を質《ただ》した。

すると服部が、

「申し訳ございません。我らつい金に目が眩《くら》んだのでございます。大奥御一行から、怪し気な侍が自分たちを窺っている、と相談を受けたのです」

と、言い訳をした。

「怪し気な、か」

おかしそうに成義は笑った。

虎之介も苦笑混じりに、

「なるほど、おれは怪しいかもしれん。しかしな、おれと一緒におった若い侍は八丁堀同心だ。八丁堀同心を怪しいと思う者の方が怪しいのではないか」

と、服部と工藤を睨んだ。

二人は押し黙った。

「八丁堀同心とて、怪しい奴はおるぞ」

成義が口を挟んだ。

「それはそうかもしれませぬが、見ただけではわかりませぬ。少なくとも身形だけで八丁堀同心を怪しむ者はおらんでしょうな」

虎之介は反論した。

「ともかく、この者どもの行き過ぎた行いはわしが謝る。許せ」

成義はもう一度頭を下げた。

「美作守さまに頭を下げられては、これ以上、おれも突っぱねられぬな。わかりました。服部氏、工藤氏、他の三人方は頭に血が昇ったんだろう。あの時、春雷が鳴り響き、雨風が強くなったのでな、きっと、おれの姿もそれだけ確認をし辛かったのだろうさ」

わざと、五人の肩を持つ言動した。

「今回は借りを作ったな」

成義は言った。

虎之介は無言でうなずいた。


兵藤家の上屋敷を去った。

その足で番町にある大目付、岩坂貞治の屋敷に赴いた。

居間で岩坂と面談した。

今日の岩坂は紺地の小袖を着流し、書見をしていた。虎之介の顔を見るなり、

「いかがじゃった」

岩坂は問いかけた。

「兵藤成義という御仁は食えぬというか、中々しぶとい方だ」

虎之介は兵藤邸訪問の経緯を語った。

「おまえの詰めが甘かったな。行き当たりばったりではな」

岩坂は顔をしかめた。

「叔父貴、きついですな。しかし、その通りだ。いかにもおれが甘かった」

虎之介は自分の額をぴしゃりと叩いた。

「まったくだ。さて、となると、兵藤の寺社奉行就任を阻《はば》む理由はない、ということじゃな」

淡々と岩坂は述べ立てた。

「ここで、一件の整理をしますか」

虎之介は言った。

「そうじゃな。頭を冷やし、わしらの考えに誤りがないか、検討致すか」

岩坂もうなずいた。

では、と虎之介は話し始めた。

「兵藤は寺社奉行選任に際し、大奥の後押しを受けたいと考えた。そこで、呉服屋武蔵屋と連念寺と結託し、御年寄唐橋を抱き込んだ。連念寺を唐橋たちの饗宴の場とし、贅《ぜい》を尽くしたもてなしと豪華な小袖、小間物を提供した。その甲斐あって寺社奉行に内定した。ところが、大奥女中、染子と役者沢村菊之丞が船宿夕霧で密会を重ね、女将のお光に強請られることになった。唐橋の依頼かどうかはわからぬが、成義は一真組に命じてまずお光の口を塞ぎ、次いで染子も葬った……といったところか」

「大筋は間違っておらんじゃろう。じゃが、申したように詰めが甘い。お光と染子殺しが一真組の仕業で間違いないという証ないし拠り所が欲しいな。それには、お光、染子殺しの実相《じっそう》、つまり、何時、何処で始末したのか、を明確にすることじゃ」

淡々と岩坂は虎之介の考えについて論評を加えた。

「いかにもその通りですな」

虎之介は認めた。

「できるか」

岩坂は半身を乗り出した。

椎茸の軸のような細い髷が揺れる。

「ここまでやってきたんだ。もうちょっと、掘り下げてやるさ」

胸を張って虎之介は返した。

「その意気はよし、と言いたいが、空回りにならねばよいがな。くどいが、出たとこ勝負ではならんぞ。しっかりとした理屈の上に立ったものでなければな」

岩坂は釘を刺した。

「おれの苦手なところだが」

虎之介の脳裏には香取民部の顔が浮かんだ。

「まあ、任せろ」

「根拠なき自信か」

「そんなことはないさ」

虎之介は力強く請け負った。

「うむ」

岩坂はうなずいた。

二

弥生二十日の朝、南町奉行所の同心詰所に夕霧の船頭だった常吉からの文《ふみ》が届けられた。

宛名は香取民部、とあった。今夕、柳橋まで来て欲しい、とある。お光殺しに関して何か情報があるかもしれない、と民部の胸は期待に膨らんだ。

すると、民部に来客だと小者が告げた。

「上州浪人、須田大三郎、とおっしゃっています」

小者に言われ、

「ああ、道場破りの」

と民部は、髭《ひげ》にまみれた須田の顔を思い出した。

「では、出て行こう」

民部は小者に礼を言った。

詰所を出ると奉行所の長屋門脇に須田が立っていた。

「よく来てくださいましたな」

何か情報をもたらしてくれるのかという山っ気がこみ上げた。

「なに、近くまで来たのでな、と言えば嘘になりますな。気軽に立ち寄るような場所ではないものな」

須田は快活に笑った。

次いで、民部の顔をしげしげと眺め、

「貴殿、少し見ぬ間に逞しくなったな。顔つきが引き締まり……どれどれ」

と、民部の両手を取った。

大きくて太い手に摑まれ、戸惑う民部に、

「腕も屈強になっておる。掌にもうまい具合に胼胝《たこ》が出来ておるな。さては、剣の修練、熱心に行っておるのだな」

須田は手を離した。

「日に百度の素振りを行っております。始めた頃は途中何度も休憩を挟みましたが、昨今では五十回で一休みです。もう少しで休みなく百回行えそうです」

民部は返した。

「生真面目な貴殿らしいな」

「須田さんが手合わせをした師範代の船岡殿から勧められたのです」

「あの御仁か。剣も優れておるが指南も大したものだ」

感心する須田に民部は用向きを確かめた。

すると、

「貴殿、盗人一味を追っているのだったな」

須田に問われた。

「わたしは追いかけたいのですが、火盗改の役目となりました。ですから、勝手な動きはできないのです。先夜は、あくまで私的な行いで須田さんがねぐらにしていた小屋を探りました」

「そうか……実はな、あのねぐらや野原に人の出入りがあるのだ。ねぐらなんぞはわしの留守に何者かが勝手に上がり込んでおるようじゃ。もっとも、わしが勝手にねぐらとしておるだけでわしの住まいではないのだがな」

わははは、と須田は大きな声で笑った。

「何者かですか」

果たしてムササビの藤吉一味なのだろうか。須田が寝泊まりしている小屋には盗んだ金などなかった。藤吉一味だとしたら、一体なんのために小屋や野原に足を踏み入れているのだろう。

興味を引く情報だが、火盗改が探索をしているからには自分が探るわけにはいかない。

それはわかっているが気になって仕方がない。藤兵衛は兄の仇《かたき》であり、あの野原は兵部の殉職地なのだ。

思案に耽《ふけ》る民部に、

「気がかりになってな、貴殿に報せておこうとやって来たのだが、探索ができないとあっては余計な報せであったな」

須田は軽く頭を下げた。

「とんでもないです。よくぞ、お報せくださいました。上役を通じて火盗改に報告します」

民部は丁寧に腰を折った。

「わしも気を付ける」

須田は帰って行った。

民部は須田から聞いた情報を筆頭同心風間惣之助に報告した。風間は火盗改に伝える、と約束をした。

夕暮れ時、民部は柳橋にやって来た。

常吉が、

「ご足労をおかけしましたね」

と、近づいて来た。

民部は黙って話を促した。

「あっしが世話になっておりますす船宿なんですがね、あっさりと雇われたっていうのは、七年も務めておりました船頭が辞めたからなんですよ」

その船頭は茂蔵《しげぞう》といい、まだ二十五の若者だそうだ。

「茂蔵ですがね、辞めてから妙な噂を耳にしたんですよ」

「妙とは……」

「茂蔵の奴、夕霧の女将さんを舟に乗せたっていうんですよ。しかも、先月の二十四日……」

「お光を……先月の二十四日というとお光がいなくなった日じゃないか」

民部の胸の鼓動が高鳴った。

「そうなんですよ。あっしがお客を乗っけてる間ですね。お光さん、急な用事があったんでしょうね」

「そのことを茂蔵はなんと言っているのだ」

民部の勘が大きくざわめいた。

「その日を限り、船宿を辞めたんですよ」

「食うには困らない程、稼いでいたのか」

民部は首を傾げた。

「若くて腕っこきの船頭なんで、客からの心付けも沢山貰っていたそうなんですがね、何しろ、金遣いが荒くて……飲む、買う、打つ、なんでもござれって男でしてね。そんな塩梅《あんばい》ですからね、稼いでも稼いでも使ってしまって、それで借金までこさえていましてね。借金取りが押しかけて来たそうですよ」

常吉はしょうがない奴だ、と言い添えた。

「船宿を辞めてから茂蔵は何をしているのだ」

「えらく、羽振りがいいんですよ。両国界隈の縄暖簾で豪勢な料理を取って、上方《かみがた》の下り酒《くだざけ》を飲んで。えらく、景気よくやっているんですよ」

「いかにも怪しいな」

民部の目が凝らされた。

「お光さんを乗せてから、急に景気がよくなったっていうのはどう考えたっておかしいですよ」

むきになって常吉は言い立てた。

「それで……茂蔵に話を訊くことはできるのか」

民部の問いかけに、

「ご案内しますよ」

常吉は案内に立った。

三

常吉の案内で縄暖簾にやって来た。

両国東広小路の表通りに構えられた店とあって、

「ちょいと、値が張るんですよ」

常吉は言った。

思わず袖の財布が気になったが、茂蔵に話を訊かずにはいられない。

「構わぬ」

勢いよく民部は暖簾を潜った。

評判の店なのか賑わっている。小上がりになった入れ込みの座敷を常吉は見回し、唐桟《とうざん》模様の小袖を身に着けた若い男に目を止めた。一人で飲み食いをしている。膳には鮑《あわび》のし、鰻《うなぎ》の蒲焼《かばやき》、それに鯛《たい》の塩焼きもあった。

「まったく、豪勢にやっていますよ」

やっかみに常吉は言った。

「酒もじゃんじゃん持ってこい」

茂蔵の勢いは止まらない。

「調子に乗りやがって」

常吉は茂蔵に近づいた。斜め後ろから民部が続く。茂蔵は常吉に気付き、

「あんた……確か夕霧の……」

と、呟いた。

「そうだよ。常吉だ」

「ああ、そうだった、常吉さんだ……」

「おまえさんが辞めたんで、替わりに船頭に雇ってもらっているんだぜ」

常吉が語りかけると、

「そうかい、そりゃ……あ、そうか、夕霧の女将さん、ええっと、お光さんだったっけ、気の毒なことになったんだったな」

視線をそらし、茂蔵は言った。

「下手人が挙がらないんだ」

ここで常吉は民部を見た。

民部を八丁堀同心と見たのか茂蔵は軽く頭を下げてから、

「おいらに何か御用で」

おずおずと問いかけた。

調子よく飲み食いしていたのがすっかり大人しくなった。民部と常吉は茂蔵の前に座った。気を利かすつもりか茂蔵は民部と常吉に酒を勧めたが、二人とも断った。茂蔵は民部に取り調べられる、と恐れをなした。

民部が問いかける前に、

「茂蔵さん、お光さんが殺されなすった日、舟に乗せただろう」

常吉が確かめた。

「ええ……さあ……」

茂蔵はうつむいた。

「乗せただろう」

強い口調で常吉は問いを重ねた。

面を上げてから、

「まあ、乗せたよ。だってな、常吉さんが客乗せて出て行ったからって、それで、頼まれたんだ。何も、おいら、悪いことをしたわけじゃないんだよ」

堰《せき》を切ったように茂蔵は捲し立てた。まるで常吉のせいだと言いたいようだ。茂蔵の勢いに気圧され、常吉は言葉をつぐんだ。

ここで民部が、

「何もそなたを責めているわけじゃないんだ。お光を乗せた時の様子を知りたいんだよ。そういきり立たずに話してくれないか」

噛んで含めるように民部は問いかけた。横で常吉はうなずいた。

「様子たって……」

茂蔵は口ごもった。

「常吉を待たずにそなたに頼んだということは、お光は急いでいたんだろう」

民部が確かめると、

「あっしの帰りを待てなかったくらいだから、相当に急いでいたんだろう」

常吉が言い添える。

「そうでした……急ぎだからって、おいらが頼まれたんですがね」

茂蔵は認めた。

「何処へ行ったのだ」

民部が問いを重ねる。

「向島《むこうじま》ですよ」

短く茂蔵は答えた。

「向島の何処に行くとお光は言っていたのだ」

「知りませんよ」

茂蔵は横を向いた。

すると常吉が食膳に視線を向ける。

「豪勢なもんだな。あっしなんざ、正月にだってこんだけの料理は口にできねえや」

茂蔵は常吉に向き、

「常吉さん、遠慮しなくていいぜ。食べな……旦那もいかがですか」

と、笑顔を取り繕って勧めた。

「よっぽど懐《ふところ》が温かいんだな。船頭を辞めたっていうのにな」

常吉は言う。

「勘繰っちゃいけねえよ。おいら、他人さまの金に手なんかつけていないぜ。旦那、信じてくださいよ」

茂蔵は声を大きくした。

「じゃあ、どうしたんだ」

常吉が迫った。

「富くじに当たったんだよ。百両ばかりな」

いかにも取ってつけたような言い訳である。

「何処の寺社で行われた富だ」

民部が訊いた。

江戸で初めて富くじが行われたのは、享保《きようほう》十五年（一七三〇）護国寺《ごこくじ》の興行であった。幕府が神社仏閣の伽藍《がらん》修繕費用調達を目的として実施したのである。

その後、江戸の各地で行われるようになり、谷中感応寺《やなかかんのうじ》、目黒不動《めぐろふどう》、湯島天神《ゆしまてんじん》が三富と呼ばれ、最高額の当選金、千両富が実施されている。他に二十数箇所で幕府公認の御免富《ごめんとみ》の興行が実施されてきた。

文化文政《ぶんせい》年間、富くじは益々盛んになった。江戸のそこかしこで年百二十回、つまり、三日に一度の割合で行われているのだ。それでも、当選者は当選した富札と共に名前と住まいを申告しなければ金は受け取れない。

従って、茂蔵が何処の神社仏閣で行われた富くじでいくら当選したのか調べられるし、富くじに当たったことの真偽も判明する。

「それは」

茂蔵はしどろもどろになった。額から脂汗《あぶらあせ》が滲んでいる。富くじに当たったのが嘘なのは明らかだ。

「正直に話してくれないか。このままじゃ、お光さんは浮かばれないよ。そりゃ、お光さんには悪い噂もあったさ。でもな、死にゃあ仏なんだ。せめて、下手人を挙げなけりゃ、供養にもならない」

神妙な顔で常吉は頼んだ。

「話してくれないか」

民部は努めて優しげに声をかけた。

茂蔵は迷う風だ。

常吉が畳み込もうとするのを民部は制して茂蔵の言葉を待った。茂蔵はしばらく躊《ちゅう》躇《ちょ》していたが、

「向島の料理屋ですよ。花籠《はなかご》という」

答えると、

「そりゃ、高級料理屋じゃないか」

常吉は民部を見た。

「向島の船着き場に花籠の若い衆が迎えに来ていましたよ」

茂蔵は言い添えた。

「そりゃ、お光さん、ずいぶんと歓待されていたじゃないか」

常吉は言った。

「ええ、お光さん、慣れたような様子でしたよ」

茂蔵は返した。

「花籠で誰に会うと言っていたのだ」

という民部の問いかけに、

「そこまでは知りませんよ。おいら、向島まで送り届けただけですからね」

「では、立ち入ったことを訊くが船代はいくら貰ったのだ」

「二百文ですよ」

　茂蔵は即答した。

　一人乗りの猪牙舟《ちょきぶね》の船代は柳橋から山谷堀《さんやぼり》までが百四十八文であった。向島は山谷堀の少し先だ。急がせた手間を加味して二百文は妥当な代金である。

　しかし、二百文では船頭を辞めて暮らせはしない。

「お光を乗せてすぐに船頭を辞めたな。もう一度訊くが、豪勢に飲み食いができる稼ぎは何処から出たのだ。富くじに当たったのでも盗んだのでもないとしたら、勝手な想像だがお光を向島に送ったことで思いがけない金を得られたのではないのか」

　ここぞと、民部は問いを重ねた。

「そりゃ……旦那、勘弁してくだせえよ。まさか、おいらがお光さんを殺《あや》めて、財布を盗ったってお考えなんですか」

　茂蔵はおろおろとし出した。

「そこまでは疑っていない。正直に話してくれ。お光を向島に乗せて何があったのだ」

努めて落ち着いて民部は問いを重ねた。

「それは……おいらが話すと迷惑をかける人がいますんで」

許してくれ、と民部は懇願した。

「いいか茂蔵、これは殺しなんだ。人が殺されたのだ。何者が迷惑をかけられようが絶対に下手人を挙げなければならないのだ。だから、頼む。話してくれ」

熱い想いで民部は訴えかけた。

困った顔で茂蔵は肩を落とした。

沈黙が訪れる。

三人を余所に店内は笑い声や世間話に花が咲いている。喧噪《けんそう》が三人の間に流れる空気の重さを際立たせた。

深く息を吸ってから茂蔵は口を開いた。

「旦那、すんません。ちょいと憚《はばか》りに」

と、下っ腹を茂蔵は押さえて頼んだ。

民部と常吉は苦笑を漏らした。

「出物、腫物、所嫌わず、だがな、こんな時に」

常吉は渋面を作った。

「構わぬぞ」

民部が許すと、「すんません」と謝ってから茂蔵は腰を上げた。常吉が、

「つれしょんだ。おれも付き合うぜ」

と立ち上がり、茂蔵について行った。気を利かせ、茂蔵が逃げないように見張るつもりなのだろう。

厠《かわや》は店の裏手にあるようで、常吉と茂蔵は奥に向かった。二人を待つ間、民部は思案を重ねた。

しばらくして、

「旦那、やられた！」

常吉が急ぎ足で戻って来た。

周りの客が話をやめ、常吉を見つめる。民部は腰を上げ、入れ込みの座敷を下りた。

「面目、ござんせん。野郎に逃げられました」

常吉は平謝りに謝った。

「わたしも油断していたのだ」

悔しさと迂闊さで胸が塞がれた。

しかし、落ち込んでいる場合ではない。

「明日、花籠を訪ねてみる」

気持ちを切り替え、民部は言って帰ろうとした。そこへ、

「あの……お勘定をお願いします」

と、女中が声をかけてきた。

常吉が、

「何も頼んじゃいないよ」

と、反発したが、

「ですが……」

困ったように女中は茂蔵の食膳を見やった。

「わかった」

民部は小さくため息を吐き、財布を取り出した。

「茂蔵の野郎、今度会ったらただじゃおかねえぞ」

常吉は地団駄《じだんだ》を踏んだ。

## 四

明くる二十一日の昼、民部は常吉の操る舟で向島までやって来た。

「手間をかけたな」

民部は船賃とは別に心付けを手渡した。

「旦那、気を付けなさって」

「心配には及ばん。料理屋の聞き込みだ」

民部は桟橋に降り立ち、土手を上がった。

葉桜になったとあって、墨堤《ぼくてい》の桜並木を愛《め》でようとする者はまばらだ。民部は土手を下りると三囲稲荷《みめぐりいなり》の裏手に回った。

雑木林の向こうに檜造りの瀟洒《しょうしゃ》な建物があった。

花籠である。

檜が香り立ち、花籠はいかにも高級料理屋といった風情を漂わせていた。民部は帳場で女将のお勢《せい》に会い、お光についてあれこれ問いかけた。

しかし、要領を得た答えはない。

よく覚えていない、と繰り返すばかりである。

「そんなはずはなかろう」

感情を昂らせてはならじ、と自分を戒めたものの、言葉の調子が強くなってしまう。

それでも、お勢はお客さまのことは口外しないのが務めだと口を割らない。

口が堅くないと高級料理屋の女将は務まらないのだろう。いくら問いを重ねたところで、収穫は得られそうにない。

「わかった、すまなかったな」

民部は去ろうとした。

すると、廊下を慌ただしい足音が聞こえた。

「どうしたの」

お勢は帳場を出た。

興味をひかれ、耳をそばだてる。

お勢と女中とのやり取りでは、病人が出たようだ。腹痛を催し、苦しんでいるそうだ。

「お薬は」

女将が訊くと女中は飲んでくれないのだと困っている。

「困ったわね」

お勢は嘆いた。

気になって、民部も帳場を出ると、

「いかがした」

と、お勢に問いかけた。

「いえ、どうもしません」

お勢は遠慮がちに答えた。

対して女中は困り顔である。お勢が、

「お医者さま、いらしているでしょう」

と、声をかけた。

「それが……」

女中が医者は酔い潰れている、と答えた。

「困ったわね」

お勢は顔をしかめた。

「病人か」

民部が問いかける。

「お腹が痛い、とひどく苦しんでおられるのです」

女中が答えた。

民部が答える前に、

「仕方ないわ。お医者を呼んできておくれな」

お勢が頼むと、

「わかりました。でも、時がかかります」

女中の心配は去らない。

ここから一番近い診療所で、二町程だそうだ。そこの診療所に駆け込み、すぐに医者が来てくれればいいが、そうとは限らない。往診に出ているかもしれず、多くの患者を診ている場合もある。

「わたしが治療しよう」

民部が申し出ると、

「ええ……旦那が」

お勢は戸惑った。

「わたしは、蘭方の心得があるのだ」

民部は打ち明けた。

「まあ、よかった」

女中は安堵の表情となったがお勢は俄《にわ》かには信じられないようで、口を半開きにして民部を見返している。

「薬だ……酔い潰れた医者、薬箱を持って来なかったか」

民部が問いかけると、

「往診の帰りに立ち寄ったそうで」

と、お勢が帳場で薬箱を預かっていると答えた。

「借りよう」

民部は女将から薬箱を受け取った。薬箱からして医者は漢方だが、なんとかなるだろう。

客は小座敷に寝かされていた。

歳の頃、五十前後、身形からすると大店の商人風の男だ。布団にくるまり、身体を海老のように曲げて呻《うめ》いている。部屋の隅に羽織が畳まれていた。

お勢が、

「こちら、南町の香取さまです。香取さまは医術の心得があるそうで、お腹の痛みを治療してくださいますよ」

と、男に語りかけてから出ていった。

男はちらっと民部を見た。

民部は布団の傍らに座り、仰向けにさせると小袖の襟を開けた。

「痛むのは……」

民部は手で腹を押し、触診を始めた。

「中《あた》ったんですよ。腐った料理を出されたんです」

男は訴えかけた。

「何を食べたのだ」

冷静に民部は問いかけた。

「鯛の塩焼き、鯉《こい》の洗い……鯉が腐っていたんですよ。とんでもない料理屋だ。償い金を貰いますよ。八丁堀の旦那ならわたしの訴えをお聞き届けください」

強い調子で男は言い立てた。

「食中りか……それにしては、顔色は良いし、脂汗もかいていないな」

民部は下腹部を強く押した。

「ああ、痛い！」

大きな声で喚《わめ》き立てた。

「食中りにしては元気だな」

民部が指摘をすると男は大人しくなった。

「食中りはな、物を食べてから半日程過ぎないと起こらないのだ。食事をして半刻と経っていないのだろう。言いがかりをつけるのはやめろ。でないと番屋に来てもらうぞ」

民部は男の腹をぴしゃりと叩いた。

男は半身を起こして正座をし、

「すみません。ご勘弁ください」

と、何度も頭を下げた。

「代金を支払ってさっさと帰れ」

表情を引き締めて民部は命じた。

男は立ち上がり、羽織を持って小部屋を出た。

「女将さん、お勘定」

明瞭な男の声に続き、

「あら、よかったですね。すっかり、具合が良くなられて」

お勢の声が聞こえた。

帳場部屋で、

「ありがとうございます。危うく、悪い評判を立てると脅され、大金を払わされるところでした」

お勢は満面の笑みで感謝をした。つい、先程とはまるで別人である。

上等のお茶と菓子を出してくれた。

「恩を着せるわけではないが、お光のこと、思い出してくれたか」

民部は問いかけた。

さすがにお勢もけんもほろろという対応はできないと悟ったのだろう。重い口を開いた。

「確かにお光さんはいらっしゃいました」

「初めてか」

「いいえ、二度めでした」

「一人か」

「違います」

「ここで誰かと会ったということだな」

この問いかけにはお勢はうなずくに留《とど》めた。

「お光が会おうとしたのは誰だ」

民部は問いを重ねた。

「それは……」

いかにもお光は答え辛そうである。

「答えてくれぬか」

民部は頼み込んだ。

「ご勘弁、くださいまし」

お勢は頭を下げた。

「何もそなたを苦しめているのではない。人が殺されたのだ。下手人を野放しにしてはおけない」

静かに民部は告げた。

「おっしゃることはよくわかります。ですが、わたしも料理屋の女将としまして、お客さまについて詳しくは話せないのです」

苦悶の表情となってお勢は訴えた。民部は己が悪いことをしている気分になってしまった。

するとい、悲鳴が聞こえた。

「今度は何かしら」

お勢は腰を上げた。

下働きの男が、

「お、女将さん」

大変だ、と駆け込んで来た。

「どうしたの」

お勢は落ち着いている。下男は裏庭で男が斬られた、と告げた。さすがに、お勢の顔色が変わった。

「案内してくれ」

民部は下男に言った。

下男に案内されて裏庭にやって来た。

足音が遠ざかってゆく。何者かが逃げ去ったようだ。

庭で男が一人、うつ伏せに倒れている。男は苦悶の呻き声を上げていた。身を屈め、脈を診た。弱々しいが脈はある。

「すぐに治療する」

民部は下男に告げた。

戸板が運ばれて来た。

民部が男を戸板に乗せると、顔が明らかになった。

「茂蔵……」

民部は呟いた。

それから、すぐに花籠の一室に運び込んだ。お勢がやって来た。

「すぐに治療する。すまぬが、焼酎と晒、それに水と湯、薬箱も持って来てくれ」

わざとゆっくりとした口調で民部は頼んだ。

「わかりました」

お勢は手早く用意に立った。

「茂蔵、しっかりな」

声をかけてから民部は帯に挟んだ手術道具を入れた袋を取り出した。蠟燭《ろうそく》の火でメスと手術針を炙《あぶ》る。

まずは、茂蔵の着物を切り裂いた。

腹から大量に出血をしていた。

運ばれて来た盥《たらい》に汲まれた水で丁寧に手を洗い、手拭で拭いた。

深呼吸をして、自分を落ち着かせ、必ず助ける、と民部は自分にも言い聞かせる。

焼酎と晒、薬箱が運び込まれた。

焼酎は五合徳利《ごごうどつくり》に入れられている。民部は徳利を持ち、

「我慢するのだぞ」

と、声をかけてから傷口に振りかけた。

「ああぁっ!」

茂蔵は絶叫した。

「それだけ元気なら大丈夫だ」

民部は励ましの言葉と共に傷口を調べた。右の脇腹に刀の切っ先で刺された傷がある。傷口は一寸程だ。

民部は下男に両足、お勢と女中に右手と左手を押さえさせ、茂蔵の口に手拭を嚙ませた。

次いで指を傷口に入れる。茂蔵は呻き、ばたばたと身体を動かす。それをお勢たちが必死で押さえつける。

幸い内臓は傷つけられていない。

民部は再び水で手を洗い、薬箱から縫合用の糸を取り出すと、針に通した。

茂蔵の脇に屈み、傷口を素早く縫い合わせる。迅速な手際にお勢は感嘆した。

民部は真新しい晒を茂蔵の腹部に巻き、口に押し込んだ手拭を取った。顔中、汗まみれとなった茂蔵は苦悶の表情を浮かべながらも礼を言った。

「しばらくしたら熱が出るだろう。濡れ手拭を額に当ててやってくれ」

民部は女中に頼んだ。

そのうえで薬箱から眠り薬を取り出し、白湯《さゆ》で茂蔵に飲ませた。程なくして茂蔵は眠りについた。

五

四半刻後、茂蔵は目を覚ました。

「ああ」

ここは何処だと起き上がろうとしたが痛みに襲われ、顔を歪ませた。

「よい、寝ておれ」

民部は言った。

茂蔵は民部に気付いた。次いで、

「おいら、殺される……」

と、身を震わせる。

「おい、落ち着け。ここは安全だ」

民部がたしなめると、

「で、でも、おいら、襲われたんで」

「襲った者はもういない。それよりも口を利くことはできるのか」

気遣いつつも民部は確かめた。

そこへ、お勢が入って来た。

「こりゃ、女将さん」

茂蔵は半身を起こそうとしたが、苦痛に遮《さえぎ》られるようにして黙り込んだ。

「茂蔵さん、こちらの香取さまがお助けくださったんですよ」

お勢が言うと、

「ええっ……」

茂蔵は言葉の意味がわからないようで戸惑うばかりである。

「香取さまはね、蘭方の心得があるんです。ですからね、茂蔵さんの怪我もね」

傷口を縫ってくれたと、お勢は言い添えた。

「こりゃ、すみません」

茂蔵は恐縮しきりとなった。

「それはいいのだ。それよりも、そなたを襲ったのは何者だ」

民部が問いかけると、

「それは……」

茂蔵は恐怖に身をすくませた。

「お光を船で送ったことに関わっているのではないのか」

民部の推測を認めるように茂蔵はうなだれた。民部はお勢を見た。

お勢が、

「茂蔵さん、わたしも腹を括《くく》ったよ。こんな目に遭わされてさ、口を閉ざして、されるがままにされてたまるもんかね」

と、決意を示した。

茂蔵はうなずくと、

「あっしを襲ったのはお侍ですがね、お侍に頼んだのは沢村菊之丞だと思いますよ」

茂蔵は言った。

「沢村菊之丞か……菊之丞がどうしてそなたの命を奪おうとしたのだ」

見当はついたが茂蔵の口から確かめたい。

「お光さん、おいらを船頭に雇う時、えらく急いでいたんですよ」

痛みを堪え、切れ切れの言葉を並べて語る。

茂蔵は常吉の手前、自分が舟を漕ぐことを遠慮した。夕霧にはもう一人若い船頭がいたが、腕が半人前とあって任せられないとお光は言い出した。そんな船頭によく客を乗せようとするもんだ、と茂蔵は内心で呆れたが、

「そんなにもお光さんが急いでいるのはよっぽどの事情があるんだと思ったんですよ。おいら、銭金に関しては鼻が利くんですよ」

鼻をうごめかし、茂蔵は得意そうだが傷に障ってしまった。民部はあくまで茂蔵の調子に任せた。

茂蔵はお光に関する噂を知っていた。

お光が客の逢瀬をネタに強請っていることだ。きっと、その強請ネタについて大きな金を得られるだろうと踏んだ。

その茂蔵の推測を裏付けるように、

「向島まで急いでおくれな」

と、お光は頼んだ。

ここで茂蔵は欲が出た。

「おいら、船賃次第だって言ってやったんだ」

お光は了承した。

「いくらくれるって訊いたら、一両だって、そりゃもう大金だ」

茂蔵は承知したそうだ。

「で、前金に半分の二分を要求したんだよ。一両なんて夢のような大金だ。向島まで乗っけて一両じゃな。しばらく、遊んで暮らせると思ったんだ。でも、おいらも、馬鹿みたいに信じ込むのもよくねえ、と思って、それで前金を求めたんだ」

しかし、お光は、前金は渡せない、と断った。

「お光さんは向島まで送ってくれれば、その帰りに一両を渡す、って言った」

向島の船着き場で自分が用事を済ませるまで待って欲しい、と頼んだ。

「必ず一両を渡すって必死の顔で訴えたんだ」

茂蔵は半信半疑だった。

お光は用事を済ませばまとまった金が入るから必ず一両を払うと強い口調で約束を

したそうだ。

茂蔵は合点《がてん》した。

お光は向島に強請をしにゆく、しかも、まとまった金が手に入るというからには大きな強請の種なのだろう。これを逃したくはない、と焦っているのだ。

「それで、おいらは、強請か、と訊いたんだ」

お光はにんまりとしたそうだ。

「それで、お光さんは話してくれた。どでかい強請の種があるって。だけど、強請っていることが表沙汰になって、まずいことになったって言っていた」

お光はさる御旗本にお灸《きゅう》を据《す》えられ、まずいことになったと嘆いた。

「それで、この向島の仕事を最後に手仕舞いにする。ついては、もう、船宿にも戻らない、って言っていた。そこまで聞いたら、おいらだって気になる。強請の内容を問いかけたんだ」

詳細までは語らなかったが、お光は向島の花籠で強請相手に会う、と言った。強請るのは大奥のさる女中と役者、沢村菊之丞だそうだ。

「それで、おいらも、承知してお光さんを舟に乗せたんだ」

茂蔵はお光を乗せて舟を漕ぎ、向島まで向かったのだそうだ。

「おいら、向島の桟橋でお光さんを待っていたんだ」

しかし、待てど暮らせど、お光は戻って来ない。

「騙された、と思ったんだ」

茂蔵は舟を桟橋に繋いだまま、花籠に向かった。

花籠でお光を訪ねた。

しかし、お光は帰ったと言われた。

ここで女将が、

「わたしは奥女中……先日殺されてしまった染子さまとお光さんが会っておられるのを口止めされていました。それで、茂蔵さんには、そんな人は来なかった、と追い返そうとしたのです」

女将は言った。

「ところが、おいらは必死だった。そんなはずはねえって、無理やり上がり込んで、『火事だ!』って叫び立てたんですよ」

するとあちらこちらの部屋から人が出て来た。

その中に、

「沢村菊之丞がいたんです。おいら、ここだってんで菊之丞を捕まえた」

菊之丞にお光が来ただろうと言い立て部屋に入った。しかし、お光はいなかった。代わりにきれいな着物に身を包んだ女がいた。染子である。

「おいら、お光さんをどうしたって訊いたんだ」

染子はお光なんぞという女は来なかった、と惚《とぼ》けた。

「そんなことで騙されるおいらじゃねえ。しつこくお光さんは何処だ、殺したんじゃあるまいな、と言い立てた」

すると、染子は金十両を差し出したそうだ。

「これで、お光さんのことは黙っておれ、と。おまけに、船頭を辞めろって言ったんですよ。それじゃ、暮らしてゆけないって抗ったら、後日百両、くれるって約束してくれたんですよ」

茂蔵はその言葉を当てにして船宿を辞め、遊び呆《ほう》けていたそうだ。

「そしたら、お光さんの亡骸が大川に浮かんで、おいら、恐くなって」

それでも、船宿に務め続ける気にはなれず、遊び呆けていた。

「それが、香取の旦那の手が及んで、こりゃ、まずいことになりそうだって、こちらの女将さんに問い質したんですよ」

という茂蔵の証言を受け、

「あたしは、大奥の唐橋さまに問い合わせました」

するといと、唐橋から茂蔵に百両を与えると報せてきたそうだ。

「それで、わたしは茂蔵さんにここに来るよう連絡したんです」

お光は言った。

「それで、やって来たら、いきなり、侍に斬りかかられましてね」

茂蔵は言った。

「そういうことか」

民部は納得した。

「ですから、おいらはもう、いずれ、殺されるんですよ」

茂蔵は怖気《おぞけ》を震るった。

「大丈夫だ」

民部は安心させようと笑みを投げかけた。しかし、茂蔵の不安は去らない。

「しばらく、ここで匿《かくま》ってもらえ」

民部は言った。

「構いませんよ」

女将も引き受けてくれた。

「しかし、おいらを狙った侍、このままにしておくでしょうか。きっと、また、狙ってきますよ」

畏れおののいて茂蔵は言った。

「よし」

民部は虎之介に連絡しようと思った。

六

その日の昼下がり、大奥御年寄唐橋が兵藤家の上屋敷を訪れた。

成義は客間で唐橋と対面に及んだ。

「しばらくは、火遊びはお控えになられた方がよろしかろうと存じます」

慇懃《いんぎん》に成義は言った。

「わかっております。わたくしとて、自分の立場はよくわかっております。かつての絵島のような醜聞は断じてするものではありませぬ」

唐橋は言った。

「それならばよろしかろう。二度と染子のようなことは起こさないのが当然でありますぞ。染子の一件にしたところで、何も染子まで殺すことはなかったのです。船宿の女将の口を塞げば十分であったはず」

成義は言った。

「それは、そうであったが」

口をもごもごとさせて唐橋は気まずそうに唇を歪めた。

「染子の始末をつけたことで、思わぬ障害が出たのですぞ。お光だけであれば大奥に疑惑の目は向けられることはなかったのです」

成義は責め立てた。

「頭にきたのじゃ。染子には我慢がならなかった。わたくしをないがしろにしおって。その気持ち、兵藤殿にはわからぬか」

開き直るように唐橋は言った。

「さて、女心となりますと、わしはとんと苦手、範疇《はんちゆう》外ですな」

成義は薄く笑った。

次いで、

「ならば、沢村菊之丞も口止めをした方がよろしかろう」

冷然と成義は告げた。

「その前にお光を乗せた船頭、ちゃんと始末をしてくれましたな」

唐橋はそれが気になってやって来たのだ。

「ご心配には及びませぬぞ。わが手の者をやりましたのでな」

「その者、腕は確かなのですね」

「相手は船頭風情ですぞ。しくじるはずはないですぞ」

微塵の疑いもなく成義は返した。

「そうでしょうが」

唐橋が返したところで、

「殿」

という声が障子越しに聞こえた。成義は、「失礼致す」と腰を上げて部屋を出た。

庭に家臣が控えている。

「服部、首尾《しゆび》は」

「腹を……腹を……その、刺してやりました」

服部はおどおどしながら報告をした。

「そうか……して、止《とど》めを刺したのであろうな……」

成義は問いかけた。

「はあ……」

口ごもった服部に、

「刺さなかったのか」

鋭い声で成義は問いかけた。

「邪魔が入りました」

服部は言った。

「たわけ！」

成義は怒声を浴びせた。

「申し訳ございません。直ちに、もう一度」

服部は頭を下げた。

「邪魔が入った、とは料理屋の奉公人か。情けないのお」

成義は顔をしかめた。

「それが……八丁堀同心だったのです」

「高々《たかだか》、八丁堀同心の一人や二人、ついでに刀の錆にしてやればよかったではないか」

「はあ、それが、その、船岡虎之介殿と一緒におった若い男なのです」

服部が返すと、

「なんじゃと……」

成義は絶句した。

「ただ、深手を負わせたに相違なく、花籠に担ぎ込まれました」

そこへ唐橋が出て来た。あわてて、服部が平伏をする。

「兵藤殿……」

今度は唐橋が責めるような目で成義を見た。服部とのやり取りを聞いていたに違いない。

成義は唐橋と共に部屋の中に入った。

「それご覧なされ。上手《じょうず》の手から水が漏《も》れる、ということがあるものですよ」

唐橋は顔をしかめた。

成義は悔しそうに唇を噛んだ。

「だが、船頭が命拾いした、とは限らぬ」

言い訳をするように成義は言った。

「死んだとも限りませぬな」

唐橋も返した。

成義は苦笑した。

「兵藤殿、ここは正念場ですぞ。わたくしだけが滅べばよいものではありませぬ。わたしの筋から兵藤殿まで追及の手が伸びるのは必定です。そうなれば、寺のことは明らかになります。寺ばかりか、武蔵屋のこと、それから、兵藤家の菩提寺でもあり、大奥の一行が立ち寄った際には兵藤家の家臣が警護に当たる、とも。さすれば、寺社奉行就任など夢のまた夢。それどころか兵藤家の存続も危ういものとなりましょうな」

淡々と、しかし、冷然と唐橋は言い立てた。

答える代わりに成義は拳を作って、畳を叩いた。

「頼もしきご家来衆ですこと」

唐橋は声を放って笑った。

「おのれ！」

成義は勢いよく立ち上がった。

次いで、濡れ縁に立ち、

「服部、みなを道場に集めよ」

と、命じた。

弾かれたように服部は去った。

「兵藤殿、しかと頼みますぞ」

唐橋は念を押した。

「今度はしくじらぬ。わが家中選りすぐりの者どもで始末をつける。こうなったら、花籠ごと殲滅《せんめつ》してくれる」

成義は言った。

「花籠を」

さすがに唐橋は躊躇いがあるようだ。

「仕方がありませぬぞ」

成義が決意を示すと、

「わかりました。致しかたありませぬな」

唐橋も納得した。

道場に一真組を集めた。

「よいか、これより、我ら一真組の力を見せつけるぞ」

成義が言うと、

「おう！」

という大きな声が上がった。

「よし」

成義は目に力を込めた。

組頭榊原房之介が一真組の中から十人を選抜した。

「よし、野駆《のが》けに参るぞ」

成義は言った。

一真組は馬の遠乗りを装うことにしたのだ。

「みな、馬を走らせれば、闘争心も高まるというものじゃ」

という成義の言葉に、

「妙案でございます」

榊原は賛辞を送った。

「さて、行くぞ！」

成義は声を張り上げた。

「ようし」

服部も勇んだ。

一真組は決起した。

# 第五章　因縁《いんねん》の捕物

## 一

「香取の旦那、いらっしゃいますか」

花籠の玄関で常吉の声が聞こえた。

帳場部屋から民部は顔を出した。

「ああ、よかった……あっしゃ、やきもきしていたんですよ」

常吉は帰らずに待っていたようだ。

民部はここまでの経緯をかいつまんで話した。

そのうえで、

「そうだ、常吉、すまぬが神田お玉が池にある瀬尾全朴先生の道場まで行ってくれぬか。そこで、師範代の船岡虎之介殿に……ああ、ちょっと待ってくれ」

民部は帳場部屋に戻って虎之介への文をしたためた。花籠に来た経緯と兵藤家の家臣が証人である茂蔵を斬ったこと、この後、報復が待っているかもしれないことを書き記し、助太刀《すけだち》を要請する旨《むね》を頼んだ。

「これを船岡虎之介殿に渡してくれ。もし、道場にいらっしゃらなかったら、御屋敷に届けてくれ。御屋敷の所在地は瀬尾道場の近くだ。詳しくは道場で確かめてくれ。頼み事ばかりですまぬが、よろしく願いたい」

民部は文を常吉に渡した。

「合点でさあ」

快く引き受けると常吉は文を懐に入れ、花籠から飛び出した。

虎之介は気分が晴れず、

「こういう場合は汗をかくに限るな」

と、道場に足を向けた。

道場で何人かの門人と手合わせをした。心地よい汗をかいたところで虎之介を訪ねて来た者がいると教えられた。

「香取の文を持参したそうですぞ」

門人に伝えられ、虎之介は表情を引き締めた。

常吉から文を受け取り、さっと目を通した。

「そうか」

ぐっと拳を握る。

「よし、行くぞ」

自分を鼓舞《こぶ》するように両手で自分の頰をぱんぱんと叩いた。

「船岡さま、あっしの舟で送りますぜ」

常吉は申し出た。

「そうか、まさしく、渡りに舟だな」

虎之介は身支度を整えた。

神田川の河岸に着けられた常吉の漕ぐ舟に虎之介は乗り込んだ。黒小袖に裁着《たっつ》け袴《ばかま》、羽織は重ねず、十文字鑓を持っている。ヤクの毛で作られた真っ赤な鞘が虎之介の闘志を物語っているようだ。

まさしく、虎之介の胸は赤い炎のように燃え盛っているのだ。

櫓《ろ》を操る常吉は好調である。

神田川から大川に滑るように出ると、船首を北に向け、向島へと向かった。

日は西の空に大きく傾く。

川風に温もりを感じ、過ぎ行く春を示していた。

向島の船着き場に着くと、虎之介は桟橋に飛び降り、軽快な足取りで土手を上がった。三囲稲荷を横目に花籠に向かう。

花籠に到ると門口から身を入れ、虎之介は玄関に入った。

「民部、おれだ！」

虎之介は凛《りん》とした声を放った。

すぐに、

「船岡殿、よくぞおいでくださいました」

頬を火照らせた民部が帳場部屋から出て来た。

「おう、おまえ、逞しくなったな」

虎之介は言った。

「まだまだ未熟です。それゆえ、船岡殿に助けて頂こうと文を書いたのです」

謙虚に民部は返した。

「さて」

虎之介は玄関を上がると帳場部屋に入った。民部が虎之介をお勢に紹介した。お勢は頼もしそうに虎之介を見返す。

「女将、今日は店仕舞いをした方がいいな」

虎之介が勧めると、

「わかりました」

お勢は承知した。

「それと、女将と奉公人は、今夜はここを空けるのがよかろう」

虎之介は言い添えた。

これもお勢は受け入れた。すかさず民部が、

「何処か泊まる所はあるのか」

と、気遣った。

「鐘ヶ淵《かねがふち》に家があります」

お勢は言った。

「それなら、安心だ」

虎之介はうなずいた。

「茂蔵はどうしましょう」

民部が問いかけた。

「動かすことができるのか」

虎之介が訊くと、

「今夜はこのまま寝かせておいた方がよろしいと思います」

冷静に民部は答えた。

八丁堀同心ではなく医者としての判断だ。

「わかった」

短く虎之介は答えた。

「民部、茂蔵の側にいてやれ」

虎之介の勧めに民部は従った。

自分も襲撃者と戦う覚悟を決めていたが、虎之介の足手まといになるし、茂蔵も心配だ。

「さて、となると」

虎之介は腹ごしらえをしたい、と言った。

「これは、気が付きませんで。すぐ、お料理を用意します」

お勢は言った。

「握り飯で十分だ。沢庵《たくあん》でも添えてくれたら尚いいがな」

虎之介は言った。

虎之介と民部はお勢が用意した握り飯を食べた。大皿に大振りの握り飯と沢庵が盛り付けられている。真っ白く輝いた握り飯と黄色い沢庵は、目にしただけで食欲をそそる。

虎之介は両手で握り飯を摑み、むしゃむしゃと頰張り始めた。虎之介が手をつけたのを確認してから民部も手を伸ばして握り飯を取った。緊張が続いて気付かなかったが、一口食べると空腹がこみ上げてきた。

塩気の利いた飯は程よく握り固められ、崩れないが米の甘味も失われていなかった。

虎之介が沢庵を嚙み締める音が心地よく、食欲を高めてくれる。

しんと静まった帳場部屋に握り飯と沢庵を咀嚼する音が響く。虎之介と民部は無言で握り飯を食べ終えた。

「よし、これで腹は出来た」

満足そうに虎之介は腹をぽんぽんと叩いた。

成義は馬を駆り、三囲稲荷までやって来た。

夕闇が迫り、西の空が茜《あかね》に染まっている。一真組は十人余り、みな、馬に乗り成義に従っていた。揃って紺地の小袖に野袴を身に着け、一糸乱れず成義の命令を待つ。

成義は血走った目でみなを睨みつける。

「火を付けてやるか」

成義は言った。

組頭の榊原房之介が、

「それはなりませぬ。騒ぎが大きくなります。類焼に及べば……」

と、ここまで言ったところで、

「なるほど、風が強いな。それに、空気は乾いておる。なるほど、これは大火になりそうだ」

成義は夕空を見上げた。

しかし、その表情には落胆《らくたん》の様子は微塵もない。それどころか、楽し気であった。

「ならば、仕方がないな。花籠におる者ども、全てを始末してやる」

成義は馬に鞭をくれた。

組頭榊原房之介以下、一真組も追いかける。

颯爽と成義は馬を走らせた。

「狩りじゃ」

成義は叫んだ。

一真組もいきり立つ。

一行は花籠に着いた。

みな、馬を下り、庭の木々に繋ぐ。すると、奉公人と思しき男が箒を持って庭の隅に設けられた小屋に入った。成義が榊原に目配せをする。服部が榊原に近寄り、花籠に奉公する下男です、と伝えた。

うなずくと榊原は小屋に向かった。小屋から男が出て来た。

「お侍さま、今日は店仕舞いですだ」

男は見慣れぬ侍たちを怪訝《けげん》な目で見ると、服部に視線を据えた。常吉を斬った侍だと気付き、怯えの表情となる。

「中に女将はおるのか」

榊原が問いかける。

「し、知りません」

男が答えると、

「わしが斬った男、中におるのか」

服部が訊いた。

「さあ……」

惚けて男は右手を左右に振った。

服部は脇差を抜いて切っ先を男の喉笛に近づける。

「お助けを……」

男は両手を合わせて服部を拝んだ。

「命が惜しくば、正直に答えろ。わしが斬った男は中におるな」

もう一度、服部が確かめると、男は激しく首を縦に振った。

「女将は」

「女将さんはご自宅に帰りました」

男が答えたところで榊原がお勢の家の所在を質した。男は素直に答えた。服部が常吉の他に誰が残っているのか問う。

「八丁堀の旦那とお侍さまです」

男は言った。

「侍……」

服部は榊原を向く。

榊原が、

「侍とは大柄な男か……鑓を手にしていなかったか」

立て続けに問いかけ、男はどちらも、「そうです」と答えた。

「船岡虎之介がおるようです」

服部が唇を噛み締めた。

成義は花籠の玄関を睨み、

「よし、船岡虎之介の命を絶ってやる。虎退治だ！」

と、雄叫《おたけ》びを上げた。

榊原以下、一真組は素早く大刀の下緒で襷を掛けた。男は逃げようと走り出す。榊原は服部に顎をしゃくった。

服部は抜刀して男を追うと背中を刺し貫いた。男は前のめりに倒れた。

榊原が玄関に入り、

「許せよ」

と、武士らしい呼びかけをした。

虎之介と民部は茂蔵が寝かされている部屋で成義たちを待ち構えた。民部は茂蔵の額に濡れ手拭を乗せ、症状を窺った。茂蔵は熱を出し、苦しそうに呻いた。

「おいら、死んじまう……」

情けない声で茂蔵はうなされた。

「大丈夫だ。助かるぞ、気を確かにな」

耳元に口を寄せ、民部は励ます。

しかし、茂蔵の耳には届いていないようで、「死ぬ」とか、「駄目だ」と繰り返すばかりであった。

民部は真新しい晒を手桶に汲んだ水に浸し、軽く絞ると唇を撫でた。茂蔵の口が僅かに開くと水滴を含ませる。茂蔵は唇を蠢《うごめ》かし、やがて寝息を立てた。

そこへ、

「許せよ」

と、玄関から声が聞こえた。

「あれは」

民部は虎之介を見た。

「客人来《きた》る、だな。おまえは、ここから一歩も出るなよ」

釘を刺すと、虎之介は十文字鑓を手にして立ち上がる。次いで、深々と礼をすると
ヤクの毛で作られた鞘を外す。民部が真っ赤な鞘を両手で受け取った。

虎之介は鑓を手に襖を隔てた隣室へ移った。

二

玄関で榊原が、

「誰かおらぬか」

と、もう一度呼びかけたが返事はない。

「殿、まず、拙者が乗り込みます」

服部が進み出た。

失態を取り返したいという意気込みに溢れている。

「よかろう」

成義の許しを得ると、服部は一礼して格子戸を開けた。

隣室に入った虎之介はじっと耳をすませる。

玄関の格子戸が開き、廊下から足音が聞こえる。

慌てず騒がず、敵を待つ。

帳場部屋の襖を開ける音がした。一方で廊下を奥に進む足音が響く。

胸一杯に息を吸い込むと虎之介は廊下に面した襖を蹴り倒した。

抜き身を翳《かざ》した服部が一瞬の驚愕《きようがく》の後、虎之介に斬り込んで来た。

虎之介は一瞬の躊躇いもなく鑓で服部の胸を刺し貫く。

服部を串刺しにしたあと、虎之介は廊下を玄関に進み、斬りかかってきたもう一人の鳩尾に穂先を突き刺した。

さらに虎之介は玄関に向かう。群がる敵は気圧されて外に逃げた。

虎之介も飛び出し、敵と対峙する。

薄闇に覆われた前庭に抜き身を手にした一真組が待ち構えていた。組頭の榊原の姿はあるが、兵藤成義はいない。

十文字鑓を頭上でぐるぐると回し、敵を射すくめる。

八人が横に広がり、虎之介を囲み込もうとした。

機先《きせん》を制し、虎之介は鐺の石突き近くを右手だけで持ち、右から左に払った刹那《せつな》、左から右に払い戻した。

脛《すね》を払われ、八人はばたばたともんどり打って倒れた。

慌てて敵は起き上がろうとする。

虎之介は駆け寄り、柄で彼らの顔面を殴りつけた。鼻や頬骨が砕ける鈍い音が聞こえ、鼻血が飛び散る。

ただ一人、榊原が虎之介の鐺を逃れ、花籠の中に飛び込んだ。

虎之介に部屋から出るな、と釘を刺されたものの、気になって仕方がない。茂蔵が寝入ったのと廊下が静まったので状況を確かめたくなった。

民部は腰の十手を抜き、襖を開けるとそっと廊下に出た。

と、襷掛けの武士が大刀を翳して走り寄って来る。

恐怖心を撥《は》ね除け、民部は腰を落とし十手の房を強く握った。

虎之介は玄関に飛び込んだ。

廊下を奥に駆ける榊原の背中越しに民部が見えた。

虎之介は十文字鑓を投げつける。

鑓は巨大な矢と化し、一直線に飛び榊原の背中に刺さった。

榊原の動きが止まり、声すら上げられず前のめりに倒れた。

緊張に彩られた民部が茫然《ぼうぜん》と立ち尽くしていた。

外で馬の嘶《いなな》きが聞こえた。

急いで虎之介は玄関に戻った。

ほの暗い日没の情景の中、兵藤成義が馬を走らせていた。

「家来を見殺しか……ご立派な殿さまだ」

虎之介は舌打ちをした。


馬を駆り、虎之介は兵藤家の上屋敷に到った。門は固く閉じられ、霞《かすみ》がかった夜空の下、豪壮《ごうそう》な屋敷が陰影を刻んでいる。

月のない闇夜だが、星影の淡い光が降り注いでいた。虎之介は馬を乗り捨て屋敷の裏手に回り、裏門近くの練塀《ねりべい》の前に立った。

次いで、見上げると間合いを取る。

「いくぞ」

虎之介は十文字鑓を手に勢いよく練塀に走り寄ると、

「おお！」

裂帛の気合いと共に石突きを地べたに突き刺し、大きく跳躍した。虎之介の身体は宙に孤を描き練塀の屋根に降り立った。

鑓を二度、三度両手でしごき、邸内を見下ろした。森閑《しんかん》とした静寂が広がり、武器庫の前を提灯《ちょうちん》の灯りが動いている。数人の家臣が夜回りをしているようだ。

程なくして成義がやって来た。提灯の灯りに浮かぶ成義の顔は常軌《じょうき》を逸している。かっと両目を見開き、頰を歪めていた。

家臣たちが成義の前に片膝をついた。

「今宵、わしはここで過ごす」

成義は引き戸を開けて武器庫に入った。

家臣たちは邸内の巡回を再開した。しばらく様子を見る。警護の家臣の増員はない。邸内は平生であるようだ。

虎之介は練塀を飛び降り、武器庫へ向かった。

引き戸は開いたままで、灯りが漏れている。

罠《わな》を張り、虎之介をおびき寄せているのだろうか。

警戒して中を窺うと、

「臆《おく》したか船岡虎之介」

成義の声が聞こえた。

虎之介は足を踏み入れた。

掛け行灯《あんどん》に照らされた武器庫の中で甲冑に身を包んだ成義が仁王立ちしていた。黒《くろ》糸威胴丸具足《いとおどしどうまるぐそく》に鹿角脇立兜《しかつのわきだてかぶと》と威風堂々《いふうどうどう》たる鎧《よろい》、兜である。

「本多忠勝と同じ装いじゃ」

得意げに成義は言い立てた。

徳川家康の天下取りを支えた功臣《こうしん》、酒井忠次《さかいただつぐ》、榊原康政《やすまさ》、井伊直政《いいなおまさ》と共に四天王の一人だ。成義は戦国の世の勇将を気取っているのだろう。

「本多忠勝と言えば蜻蛉切《とんぼきり》の鑓だが……」

虎之介は成義が武器を手にしていないのを指摘した。

「鑓ではそなたに後れを取るのでな」

成義は不敵な笑みを浮かべた。

「ならば、何でやる。弓か鉄砲か」

虎之介も笑みを返した。

最早、大名としての気遣いはしない。言葉遣いにも遠慮はなかった。

「飛び道具は卑怯《ひきょう》と思うか」

「家来を見捨てて逃げ帰った卑怯な殿にはお似合いだ」

虎之介は成義を睨みつけた。

「減らず口を叩きおって」

成義は背後の棚に向かった。

棚には火縄銃が並べられている。無造作に成義は一丁を手に取り、構える間もなく放った。

虎之介は身を伏せる。

頭上を弾丸がかすめ引き戸にめり込んだ。

横になったまま虎之介は床を転がった。そこへ、鉛《なまり》の弾が襲いかかる。

虎之介は腹這いになったまま十文字鑓を投げた。

穂先が甲冑の脛当《すねあて》にぶつかった。

頑強な鎧ゆえ刺し貫くことはなかったが、衝撃は凄まじく成義はよろめいた。

虎之介は起き上がり、成義に突進した。

体当たりを食らわせ、成義は仰向けに倒れた。草摺《くさずり》の音が耳障りな程に響いた。

それでも太刀を抜き、杖代わりにして起きる。

虎之介も大刀を抜いた。

刃渡り三尺近い長寸の大刀は太刀にも十分に対抗できた。

具足に身を包んだ成義は目立って動きが鈍かった。

虎之介は大刀で太刀を払い飛ばした。

成義は蒼くなった。

虎之介は左手で成義の肩を掴み、右手の大刀の刃を喉笛に当てた。成義は尻餅をついた。

「格好は立派だが鍛錬はなっとらんな、兵藤成義」

虎之介は哄笑《こうしょう》を放った。

三

兵藤美作守成義は切腹、兵藤家の処分は後日、評定所で吟味《ぎんみ》されることになった。

大奥の御年寄唐橋は自害し、大奥は醜聞で大きく揺れた。唐橋と共に連念寺を訪れた奥女中たちは評定所で取り調べられた。彼女らの証言で連念寺の住職と役者沢村菊之丞は遠島に処された。

茂蔵は命を取り留めて、唐橋からお光殺しの口止めをされたこと、兵藤家家臣服部市蔵《いちぞう》から口封じをされそうになったことを証言した。一方で染子から口止め料十両を受け取ったことを咎められたが、証言が唐橋と兵藤成義の罪を明らかにする一助となったため、江戸を所払いとなった。

船頭なら日本全国で働き場所がある、と新たな門出に希望を抱いている。

卯月《うづき》一日、初夏の薫風《くんぷう》が月代を撫でる朝、民部は南町奉行所に出仕した。同心詰所に入ったところで中村勘太郎から初手柄の祝杯を挙げようと誘われた。

「きっと、御奉行から褒美が下賜されるぞ」

中村に肩を叩かれた。

「いや、それほどのことは……わたしは大した働きをしていません」

謙遜ではなく、民部は返した。

兵藤成義と一真組を退治したのは船岡虎之介なのだ。きっと、虎之介には幕閣から大きな褒賞が下されるだろう。

「いいじゃないか。偶には奢《おご》らせろ」

親切にも中村は言ってくれる。

断るのは却って不遜だ。

「では、遠慮なく。八丁堀の羽衣へでも行きますか」

民部が言うと、

「羽衣もいいが、今日は別の店がいいな……あ、そうだ。おまえ、兵部さんとわしら捕方がムササビの藤吉一味捕縛をした空き地近くの蕎麦が美味かった、と言っていたな」

中村は蕎麦を手繰る真似をした。

瀬尾全朴の出稽古に付き従った際に御馳走になった店だ。蕎麦も美味かったが何より貝柱のかき揚げが忘れられない。

「その店、酒や肴もいけるのだろう」

今度は猪口を呷る真似を中村はした。

「美味いですよ。貝柱のかき揚げが絶品です」

民部の答えに中村は満足の笑みを浮かべた。

すると、小者が、筆頭同心風間惣之助が呼んでいると伝えた。与力用部屋に顔を出せ、ということだ。

中村が、

「きっと与力さまを通じて、御奉行の感状と褒美が与えられるんだぞ。よかったな」

と、民部の肩をぽんぽんと叩いた。

兵藤成義と一真組を成敗《せいばい》したのは船岡虎之介なのだ、という思いが再び胸にこみ上がった。

「大手柄だ。胸を張って頂戴しろ」

中村は心から喜んでくれているようだ。

中村への感謝を込め、

「わかりました」

民部は一礼した。

「褒美が出たら、一杯奢ってくれよ」

冗談交じりに中村は頼んだ。

「もちろんです」

民部は強く返した。

「褒美、いくらだろうな。五両……いや、何しろ大手柄だ、十両は下るまいよ」

取らぬ狸《たぬき》の皮算用《かわざんよう》をすると、中村は鼻歌を口ずさみながら詰所を出て、町廻りに向かった。

「さて」

民部は与力用部屋に向かった。

与力用部屋に入った。

裃《かみしも》に威儀《いぎ》を正した与力たちが詰めている。文机《ふづくえ》に向かって書き物をしている者、難しい顔で談合している者、同心を呼び意見を訊く者、はたまた雑談に興じている者、様々だ。

風間は吟味方与力藤村彦次郎《ふじむらひこじろう》の前に座っていた。藤村は民部に気付くと風間を促し、立ち上がると用部屋を出た。

民部と風間は藤村に従い隣の小部屋に入った。

装飾の類はない、八畳の殺風景な座敷だ。

「こたびは見事なる働きであったな」

藤村は賞賛の言葉をかけた。

藤村は吟味方一筋、四十路《よそじ》を迎えた働き盛りである。

吟味方与力は奉行所で扱う事件の吟味を行い、例繰方《れいくりかた》に蓄積されている事例を基にいかなる裁許《さいきょ》が適っているのか奉行に進言する。原則として奉行は吟味方与力の進言に異論を唱えず、御白州《おしらす》で裁許を申し渡す。

藤村は、「石頭」どころか、「岩頭」と揶揄される程、原理原則を外さず、裁許事例を頑《かたく》なに守る。慈悲、情は裁許に不要どころか障害でしかない、という信念を持っている。

そんな藤村であるだけに緊張の面持ちで民部はお辞儀をする。風間も民部の働きを称えてくれたが、二人とも浮かない顔である。

民部が訝しむと、

「実はな、幕閣方で町奉行所が大奥や大名家を揺るがすような大事件に介入したことを批判する声が上がっておるのだ」

藤村は淡々と告げた。

「そなた、大きな手柄を立て過ぎたのだ」

風間が冗談とも本気ともつかない物言いで言い添えた。

「あの……わたしは間違ったことをしたのでしょうか」

怒りに似た気持ちが湧き上がった。

民部自身、自分の手柄だとは自惚《うぬぼ》れていない。功は船岡虎之介にあると思っている。

それでも、批判される覚えはない。

藤村は風間に視線を向けた。

風間が、

「そんなことはない。大手柄だ。御奉行も大層、誉めておられる。さすがは香取兵部の弟だと喜んでおられたぞ」

と、慰めとも取れる言葉を添えた。

「はあ……」

昂った気持ちが鎮《しず》まり、戸惑いに包まれた。一体、藤村と風間は何を言いたいのだ。

藤村が、

「隠し立てをするつもりはないゆえ、はっきりと申す」

と、言葉の調子を改めた。

「御奉行はそなたに感状と褒美として金十両を下賜しようとお考えになった。しかし、わしは反対した」

「はあ……」

益々戸惑いが深まる。

「感状、褒美は手柄を立てた者、つまり、町奉行所が裁いた一件の落着に貢献した者に与えられてしかるべきだ。今回は町奉行所の差配外の大きな一件だ。町奉行所が兵藤さま、唐橋さまのお裁きに関わることはできぬからな」

いかにも、「岩頭」の藤村らしい論法である。民部の胸に大きな失望が広がってゆく。何も奉行の感状や褒美が欲しいわけではない。

自分の仕事を頭から否定されたようなものなのだ。おまえは、八丁堀同心失格だと烙印を押された気分となった。

平生を保っているつもりだが落胆の表情は隠せなかったのだろう。藤村は民部の理解を得ようとしてか説明を加えた。

「兵藤家の吟味は今後評定所で進められるが兵藤美作守さまは病死扱いとなった。一真組は兵藤家中の跳《は》ねっ返り者、花籠の騒動は酒に酔った一真組が暴れた、ということで落着となった。大奥唐橋さまは役者との火遊びを悔いて自害、火遊びに付き従った奥女中連中は暇を出された」

「そんな……」

まるで臭い物には蓋《ふた》、である。

これが政なのか。幕府に都合よく事件を裁くのが御政道というものなのか。

呆れて言葉が出てこない。

風間が、

「江戸所払いとなった船頭……茂蔵といったか、あ奴には余計なことを口外するな、とわしから因果を含め、御老中から下賜された五十両を渡した。茂蔵は喜んで五十両を受け取ったぞ。その際、妙なことを口走りおった。半分でも頂戴できてよかった、などとな」

と、首を傾げた。

茂蔵は唐橋から貰う口止め料百両のことを思い出したのだろう。幕府の兵藤成義、兵藤家、唐橋や大奥に対する都合のよい裁きを思えば、茂蔵が五十両を手にしたのは痛快な気分だ。

もやもやとした気持ちが少しは晴れた。

すると虎之介のことが気にかかった。

「船岡虎之介殿には恩賞が下されるのでしょうか。花籠でわたしや茂蔵を一真組の刃からお守りくださったお方です」

「ああ、船岡虎之介殿か」

風間は藤村を見た。

藤村が民部の問いかけを引き取り、

「船岡殿は恩賞を断ったそうだ。乱暴する一真組を偶々花籠に居合わせた船岡殿が鎮めた功に対して御老中から五十両が下賜されたのだがな……」

虎之介のことだ、幕府の裁定に臍《へそ》を曲げ、五十両の受け取りを拒んだのだろう。そうだとすれば、益々虎之介が好きになった。

「香取、気を落とすことはないぞ。おまえが大きな働きをしたのは奉行所の誰もが認めているのだ。実によくやった」

改めて風間は励ましてくれた。

藤村は無表情である。

民部は笑顔を取り繕い、

「わたしとて、何も御奉行の感状や褒美欲しさで役目を行っておるわけではありません」

と、返した。

言ってから上役におもねる自分を汚らしく感じた。しかし、そう思う自分を甘ったれだとも責める。世の中、組織の中で生きていくには、自分の意志を貫けないのが当たり前だ。兵部は正しいという思いを曲げない性格だった。

兵部にとって八丁堀同心という役目、職務は遣り甲斐があったであろうが、同時に苦渋の日々ではなかったのか、と民部は思った。兄への尊敬の念が強くなると共に兄の背中が遠くなる。

「よう申した。それでこそ香取兵部の弟だ」

風間の誉め言葉は他人事《ひとごと》のように感じられた。

「わしからは以上じゃ」

藤村は話を切り上げて腰を上げた。辞去しようとする民部と風間に、

「茶など飲んでゆけ」

との声を後に小部屋を出た。

小者がお茶と小皿に羊羹《ようかん》を載せ持って来た。

「岩頭殿にしては奢ってくれたものよ。きっと、あれで気が差したのだろうよ。おまえの大手柄を帳消しにしたようなものだからな。もっとも、岩頭殿とて自分の考えではなく上の声を聞いての判断だ。おそらくは、町奉行所の吟味方与力としての誇りを傷つけられただろうさ。融通の利かない御仁だからこそ、ご自分の役目に誇りを持っておられるのだ」

風間は自分に言い聞かせるように述べ立てた。

「岩頭」と陰口を叩かれているのは藤村自身も承知しているだろう。前例に縛られて

いる自分も内心では苦い思いがあるのではないか。そんな私心を押し殺して藤村は役目に尽くしているのかもしれない。

風間は羊羹にぱくついた。

「これは上等な羊羹だぞ」

目を丸くして、美味いという言葉を連発した。

「よろしかったら」

民部は自分の分を風間に差し出した。

「そうか、すまんなあ」

相好《そうごう》を崩した風間であったが、

「いや、これは貰うわけにはいかん。おまえが食べよ。食べねばならん。せめてもの、藤村殿のお気持ちだ」

と、真顔で勧めた。

一瞬の躊躇いの後、

「では、頂戴します」

民部は羊羹を口に入れた。

一口嚙み締めた途端に口中一杯に濃厚な甘味が広がってゆく。自然と笑みが零れた。

それを見て風間も安堵の表情となる。

「十手御用を務めておれば様々なことがある。腹立たしいこと、悲しいこと、喜ばしいこと……ま、喜ばしいことは滅多《めった》にないがな。それだけに、喜ばしさが際立つのじゃ。何も、わしら八丁堀同心に限ったことではない。どんな仕事でもそうしたもんじゃ……あ、こりゃいかん。つい説教じみたことを言ってしまったな」

恥ずかしそうに風間は自分の月代を手で撫でさすった。

「ありがとうございます」

風間の気遣いが身に沁みた。

風間は笑顔を引っ込め、

「ムササビの藤吉、早く捕まるといいがな」

と、呟くように言った。

上州浪人須田大三郎が兵部殉職の空き地に不審な者の出入りがある、と報せてくれたのを思い出した。

「火盗改が引き継いで探索をしておるのですね」

民部が問いかけると、

「そうじゃ。おまえが浪人に聞いた話もちゃんと伝えたぞ。じゃがな、我らとて火盗改に任せっぱなしというわけではない。中村も火盗改と連絡を取りながら探索を進めておる」

風間は答えた。

「中村さんが……」

意外であった。

それなら、話してくれればいいと思ったが、中村は民部にも秘密裡《り》に役目を遂行しているのだろう。

思わず、

「わたしも探索に加えて頂けませんか」

民部は頼み込んだ。

「ムササビの藤吉はおまえには憎んでも余りある仇《かたき》だ。それゆえ、お縄にしたいという気持ちはよくわかる。しかしな、それだけに、敢えておまえを探索から遠ざけたのだ。わしばかりか、中村も懸念しておった。おまえは一本気で兄想い、兄の恩を深く感じておる。それが、仇《あだ》となるのではないか、と中村は心配しておった。わしも異存はなかった」

風間は言った。

「もちろん、十手御用に私情を挟むのは御法度《ごはっと》です。ですが……」

お光殺し探索が不本意ながらも落着したからには、なんとしても藤吉をこの手で捕まえたくなった。

「火盗改と中村に任せろ。果報《かほう》は寝て待て、ではないが、今に吉報《きっぽう》がもたらされる。決していい加減な思い付きの言葉ではないぞ。中村が申しておった。藤吉一味の尻尾を摑んだ、とな」

風間の顔は大真面目だ。

「まことですか」

民部の胸は期待で大きく膨らんだ。

そうだ、今夜、中村が祝い酒を御馳走してくれるのだ。詳細を確かめよう。

「ならば、気分を新たに御用に尽くせ」

という風間の言葉に、

「わかりました」

気持ちを込めて応じることができた。

「それからな」

風間は袖から紙包みを取り出した。

「これは、わしと同心たちからだ。御奉行の褒美と違って大した金ではないぞ。言ってみりゃ、気持ちだ。何か美味い物を食え」

いかにも人の好さげな風間を見ていると民部の胸は温かくなった。

「ありがたく頂戴します」

民部は紙包みを受け取った。

「今日は帰ってよいぞ」

風間の言葉に甘えることにした。

## 四

そのまま帰宅する気にはならず、神田お玉が池の瀬尾全朴道場にやって来た。置いてある道着に着替え、防具を身に着け、竹刀を手に道場に出た。瀬尾は出稽古に出かけており、師範代の船岡虎之介は見所で寝転んでいる。

民部は黙々と素振りをしてから何人かの門人と手合わせをしたが一本も取ることができないまま稽古を終えた。

支度部屋で着替えを終え、虎之介に挨拶をしようと道場に戻った。虎之介は縁側に座り、庭を眺めている。大きな背中が何処か寂し気だ。

近づくと虎之介は振り返った。

「力強くなったが乱れておったぞ」

虎之介は民部の太刀筋を評した。次いで、横に座るよう目で促す。民部が座ると、

「面白くないことがあったか」

庭を見たまま虎之介は問いかけた。

「太刀筋に出ていましたか。まだまだ未熟ですね。私情が武芸に出てしまいます」

民部は、「すみません」と謝った。

「明鏡止水《めいきようしすい》の境地……なんぞには達せられぬものだ。おれなんぞは邪念《じやねん》の塊《かたまり》だ」

虎之介は大きく伸びをした。

「御老中から花籠でのお働きに下賜された報奨金をお断りになったとか」

遠慮がちに問いかけた。

虎之介は肩を揺すって笑い、

「おれは臍曲がりでな、お上に好都合な裁定には逆らいたくなったんだ。民部、見習うなよ」

「わたしも御公儀のお裁きには得心がゆきませんが、従うしかありません……という

か、逆らえません、情けないことに」

　意図していないのに薄笑いを浮かべてしまった。

「それでいいさ。皮肉でも揶揄でもないぞ。民部は見習いの身だ。学ぶことばかりさ。良いことも悪いこともな」

　頑張れ、と虎之介は言い添えた。

　民部は深々とお辞儀をし、

「蕎麦はお好きですか」

　と、訊いた。

「大好物だ」

「貝柱のかき揚げは」

「大好きだ。で、それがどうした」

「芝神明宮の近くにとても美味い蕎麦屋があるんです。瀬尾先生にお供した際、御馳走になった店なんですが、大変美味しくて、今夕朋輩の同心が奢ってくれるんです。それで、その店と味を思い出して、いつか船岡殿と一緒に行きたいと……」

　声を弾ませ民部は捲し立てた。

「ああ、あの店か。確か不老庵《ふろうあん》だな。おれも先生に教わって行ったことがあるよ。確かに蕎麦も貝柱のかき揚げも、それに酒も美味かった……。おい、生唾が湧いてきたぞ」

虎之介は快活に笑った。

暮れ六つ、民部は中村と一緒に芝神明宮近くにある不老庵に入った。店内は混んでいたが四半刻程待つと小上がりの座敷に席が用意された。

貝柱のかき揚げ、蕎麦味噌、板わさ、浅草海苔《あさくさのり》を肴に酒を飲み、締めに盛蕎麦を頼んだ。料理を待つ間、気になっているムササビの藤吉一味探索を話題にしたかったが、祝ってくれる席には適しておらず、中村の好意をぶち壊すだろうと黙っていた。

すると、

「風間さんから聞いた。わしが火盗改と連絡を取りながら藤吉一味を追っていること、民部に話した、とな」

中村の方から藤吉の話をし、更には民部に隠していたのを詫びた。これで、話しやすくなった。

「謝ることではないですよ。それより、一味の尻尾を摑んだ、とか」

民部は半身を乗り出した。

「民部も訪れたこの近くに広がる野原、兵部さん殉職の地に藤吉一味らしき者が姿を現しておる」

中村は声の調子を落として語った。

「兄は盗んだ金の隠し場所と睨んでいたようですね。それで、調べたのですが、不審な点は見受けられませんでした」

民部は首を捻った。

「調べられて白、と見極められたからこそ隠し場所に適している、と一味が考えたとしても不思議はないな。小屋では見つかりやすいから、野原の何処かに埋めたのかもしれん。近々、火盗改が野原を掘り返す。あ、そうだ。民部が浪人から耳にした話とも一致するのでな、火盗改は大いなる期待を抱いておるぞ」

ここまで中村が話したところで蕎麦が運ばれてきた。自然と藤吉一味探索の話は打ち切りとなった。

蕎麦を食べ終え、中村は勘定を済ませ、厠に行くから先に帰れ、と気遣ってくれた。礼を述べ立ててから民部は不老庵を出た。

今宵は新月とあって闇夜だが星が瞬いている。酒で火照った頰に夜風が心地よい。

帰ろうとしたがどうしても野原が気にかかった。

藤吉一味探索も気にかかるが兄が命を落とした地である。成仏できず兄の魂が彷徨っている気がしてならない。せめてもの供養に、認められなかったとはいえ、お光殺し探索が落着したのを報告しよう。

野原に立った。

草ぼうぼうの野原にまばらに生える灌木に兵部の魂が宿っているようだ。何もできない自分がひどく無力に思えてくる。

灌木に両手を合わせ、お光殺し落着を報告すると小屋に向かった。小屋に到り、引き戸を開けたが、今日は誰もいない。がらんとした殺風景な空間が広がるばかりだ。

民部は身を屈め、床を手で触った。羽目板《はめいた》を剝がしてみれば、盗んだ金が埋められているのだろうか。

中村が言ったように、調べられた場所だから隠し場所にはもってこいなのかもしれない……。羽目板を剝がした。真っ黒な土が現れる。

土を撫でてみた。

思ったよりも柔らかい。夢中で掘り返してみた。すると固い物にぶつかった。

「おや、まさか」

土を掘り起こした。

千両箱がある。民部は千両箱を持ち上げた。ずしりと重い千両箱を引き揚げ、板敷に置いた。

蓋を開ける。

胸が高鳴った。

が、中味は石ころだ。

「ふ〜ん」

ため息が漏れた。

その時、頰に冷たい物が触れた。振り向くと道場破りの上州浪人須田大三郎が民部を見下ろしていた。

「あいにくだったな」

須田は大刀の切っ先を民部に突きつけたまま言った。

民部は立ち上がった。

「香取民部、とうとう馬脚《ばきゃく》を露わしたな」

「何のことですか」

民部は真顔で問いかけた。

「ムササビの藤吉一味と兄は繋がっておったのだろう」

須田は不穏な言いがかりを付けた。

「馬鹿なことを……兄は藤吉一味を必死に追っていたんだ！」

大きな声で民部は訴えた。

ここでふと、

「須田さん、あなた何者ですか」

という大きな疑問が生じて、問うた。

「道場破りの素浪人だ……と答えても信じてはくれまいな。おれは火盗改の隠密同心だ」

大刀を向けたまま須田は打ち明けた。

「火盗改の……」

民部はそれでも戸惑いを隠すことができない。

次いで、

「火盗改がどうして瀬尾先生の道場にやって来たのですか」

民部は問いかけずにはいられなかった。

「ムササビの藤吉一味探索を進めていると南町の香取兵部と藤吉一味の繋がりが浮上した」

「しかし、兄は藤吉一味を捕縛しようとしたではありませんか」

むきになって民部は言い立てた。

「兵部が藤吉一味を裏切ったのだ。盗んだ金を奪おうとした。盗人の上前《うわまえ》を撥ねようとしたのだが、しくじったのだ」

須田は言い立てた。

「そんなことは絶対にない」

民部は言い張った。

「ともかく、火盗改の役宅まで来てもらおうか」

須田は告げた。

「断ったらどうなりますか」

民部は須田を見返した。

須田は、

「力ずくになるな」

と、切っ先を震わせた。

不意に、民部は表に飛び出した。すかさず、須田が追いかけてきた。

先廻りをして立ちはだかる。

「斬るぞ」

須田は冷然と告げた。

「火盗改の役宅か。御頭は大島源三郎《おおしまげんさぶろう》さまでしたな」

民部は問いかけた。

「いかにも」

須田は答えた。

「ならば、御屋敷は本所《ほんじょ》ですね」

火盗改の御頭は旗本先手組組頭の中から加役、すなわち、兼任される。従って火盗改の御頭専用の役所はなく、任命された旗本の屋敷が役所も兼ねる。

「そうじゃ」

短く須田は答えた。

「本所まで行くまでにばっさりですか。それなら、いっそのこと、ここで斬ったらどうですか」

挑むように民部は言った。

「ほほう」

須田は剣呑《けんのん》な目をした。

「須田さん、現在、火盗改の御頭は武藤修理亮《むとうしゅりのすけ》さまですぞ」

民部は言った。

須田の目が彷徨った。

「火盗改の隠密同心が御頭を間違えるはずはありませぬ。火盗改の与力、同心のみなさまは、御頭に任命された旗本を組頭とします。よもや、御頭を間違えるなど考えられませぬ。須田さん、あなたは何者ですか」

民部が問いかけると、

「前職の大島さまの隠密同心であったのだ。ムササビの藤吉捕縛は大島さまが引き継ぐのだ」

須田は言い返した。

「おあいにくさまですね、大島源三郎さまなどという火盗改の御頭はおりません。馬脚を露わしたのはあなたです。さあ、素性を明かせ!」

強い口調となり、民部は迫った。

するとそこへ、

「香取、ご苦労」

と、中村勘太郎が駆け着けた。

不老庵を出たところで民部が野原に向かうのを目にし、気になってやって来たそうだ。

「中村さん、この男、浪人と偽っておりますが、ムササビの藤吉一味と関わっておると疑われます」

民部が語りかけると、

「なんだと、藤吉一味、と」

中村は須田を見据えた。

「おれが藤吉一味だと」

須田の口調が変わった。武士らしさは失せ、伝法《でんぽう》な物言いとなっている。

「そうなのか」

中村も問いかけた。

民部は須田の二刀流を思い出した。

そう言えば、兵部は藤吉一味を捕縛する直前、瀬尾全朴に捕物に備えた十手術の稽古を願い出た。

その際、兵部は両手に十手を持ち、前後左右からかからせた。多人数の敵を想定しての稽古だと思ったが、藤吉一味は七人だった。急遽とはいえ、捕方が二十人いたのだ。袖絡、刺股、突棒、梯子《はしご》といった捕物道具を備えていたのだ。兵部一人で七人を相手にすることはなかった。

十手術の達人と称される兵部であれば、わざわざ両手で十手を駆使するような真似はしなくてもよかったのではないか。

それが、両手を駆使した十手術を稽古したということは、相手は……。

ムササビの藤吉は侍崩れ、しかも、関東取締出役、いわゆる八州廻り崩れだということだった。八州廻りは武芸練達の者が選抜される。

ムササビの藤吉は二刀流の使い手ではなかったのか。

とすると、

「ムササビの藤吉……貴様、藤吉だな」

と、須田を睨みつけた。

須田は面を伏せたが、がばっと顔を上げ、

「だったらどうした」

と、凄い形相で民部を見返した。

「中村さん、藤吉ですよ」

民部は語りかけた。

「そのようだな」

中村もうなずく。

頼もし気に民部は中村を見た。

すると意外にも、

「中村さんよ、これでうまくいったな。邪魔者はこれでいなくなる。飛んで火に入る夏の虫だ」

須田、いや、藤吉は中村に語りかけた。

更に驚くべきは、

「そうだな」

と、中村は応じたのだった。

「中村さん……」

民部は息を呑んだ。

次いで、

「そうか、兄を刺し殺したのは中村さんだったんですね。兄が藤吉を十手で打ち据えたので安堵し、味方だと思って背中を見せた隙を狙ったんだ。汚い、実に汚い」

民部は怒りを滾《たぎ》らせた。

「ああ、わしは汚い。汚くなけりゃ、この世でよい思いはできないからな」

中村は開き直った。

「中村さん、わたしは悲しい……わたしを不老庵に誘ったのはここに引き寄せるためだったのですね。須田、いや、藤吉がわざわざ奉行所にやって来てこの地が怪しいと吹き込んだのもわたしをおびき寄せるため」

民部は目に力を込めた。

中村は冷笑を浮かべ、

「半玉の見習いにしては、大した推量ではないか。誉めてやるぞ。いかにも、おまえは邪魔だから始末することにした。火盗改には藤吉一味の間違ったネタを提供し、探索の方向を誤らせてやった。ただ、おまえだけはいずれ真実に気付きそうだ。気付く前にあの世に送ってやるのだ」

「汚い……八丁堀同心として人として最低だ」

「なんとでも申せ。おまえはとことん運が悪かったな。夢見た蘭方医になれず、不本意に八丁堀同心に成ったものの、初手柄を認められない不満から筆頭同心風間殿の言いつけに背《そむ》いて藤吉一味捕縛に暴走した挙句《あげく》に藤吉の手にかかったんだ」

自分の描いた民部殺しの絵図を中村は得意そうに述べ立てた。

「正直者は馬鹿を見る世の中ということだな、わかったかい」

藤吉がうそぶいた。

「せめて、兄と一緒の地であの世に逝かしてやろうじゃないか」

中村は藤吉に目配せをした。

藤吉は大小を抜いた。右手には小刀、左手には大刀を持った。

民部は十手を抜いた。

「格好は一人前だな」

藤吉は嘲笑《あざわら》った。

猛烈な悔しさがこみ上げる。それを振り払うように十手を翳すと藤吉に立ち向かった。藤吉は右の脇差を突き出した。

民部は十手で受け止める。

と、中村が民部の背後に回った。次いで抜刀し、民部の背中に斬りかかった。

中村の白刃が民部の肩に達しようとする時、石礫《いしつぶて》が飛来し、中村の顔面を直撃した。中村は大刀を落とし、手で顔を覆う。

藤吉の動きが止まった。

民部は背後に飛び退いた。

草むらを踏みしめ、船岡虎之介がやって来た。

「おお、道場破《やぶ》り。今夜も負かしてやろうか。それと、盗人に加担する八丁堀同心は、さしずめ掟《おきて》破りだな」

嘲笑を放ち虎之介は大刀を抜いた。

刃渡り三尺近い長刀が藤吉と中村を威圧する。

民部は驚きの目で虎之介を見た。

「民部があんまり美味いと言ったんでな、我慢できず不老庵を覗いたんだ。すると、民部を尾行するようにして追う八丁堀同心の様子に違和感を覚えてな、のこのこやって来た、という次第だ」

虎之介は説明を加えると藤吉に斬りかかった。藤吉は背後に飛び退り虎之介を待ち受ける。

大刀を大上段に振りかぶり、虎之介は藤吉に迫った。

藤吉は大小を顔の前で交差させ、虎之介の大刀を受け止めようとした。

虎之介は跳躍し、

「食らえ！」

渾身の力で大刀を振り下ろす。

藤吉は素早く大小の交差を頭上に構えた。

着地と同時に長寸の抜き身が藤吉の大小を襲う。

ほの白い火花が飛び散ると同時に鋭い金属音と共に藤吉の白刃が切断された。

大小ばかりではない。

藤吉の脳天も切り裂かれ鮮血が草むらを真っ赤に染めた。

「盗人め、道場とは違うぞ。木刀ではなく真剣の威力を侮ったか」

虎之介は血ぶりをくれ、納刀した。

「ひ、ひ、ひえ〜」

情けない声を漏らし、中村は逃げ出した。

すかさず、民部が追う。

民部が近づくと振り返り、中村は大刀を構えた。

「中村さん、いや、中村勘太郎、御用だ！」

凜とした声を発し、民部は紫房の十手を突き出した。

「うるさい、半玉め」

中村は両目を吊り上げ、大刀をめったやたらと振り回し、民部に近づいた。民部は冷静になれ、と自分に言い聞かせ、中村の太刀筋を見定める。

邪念で乱れに乱れた剣さばきに微塵の恐怖心もなく、民部は懐に飛び込んだ。

間近に迫った民部に中村は慌てふためき、大刀を横に払った。

民部はがっしり十手で受け止める。

中村の顔が歪んだ。

白刃を鉤《かぎ》に挟んだまま民部は右に捩《ねじ》り上げた。

中村は大刀を落とした。

直後、恐怖で顔を引き攣らせ中村は腰の十手を抜いた。

間髪を容れず民部は十手を下段からすり上げた。中村の十手は草むらに飛んでいった。

「おまえに十手は使わせぬ」

民部は十手を中村の眼前に突きつけた。

中村はへなへなと膝から頽れた。素早く民部は中村に縄を打った。

「でかした！」

虎之介が発した称賛の声が夜空に響き渡った。

民部は灌木を見た。

「兄上……」

灌木の横に兵部が立っている。

兵部は笑顔を浮かべるや、すうっと消え去った。

形見の十手に民部は頭を下げた。

十日後、虎之介と民部は不老庵で飲み食いをした。

中村勘太郎は南町奉行所と火盗改の取り調べを受けた。八丁堀同心としての良心が残っていたのか中村はムササビの藤吉一味に加担したことを認め、盗んだ金の在り処《あか》も白状したという。

「中村が藤吉一味に加担した経緯はわかったのか」

虎之介は蕎麦味噌を舐め、酒を飲んだ。

「夜回りの時、藤吉一味が盗みを働いた場に遭遇し、手下を捕えたそうなんです。手下は見逃す代わりに金百両をくれたそうで、それがきっかけで一味に加わり、南町奉行所の動きを漏らしていたんです」

民部は貝柱のかき揚げを食べる箸を止め、答えた。

「中村は兵部殿を罠に嵌めたんだな」

「兄が手入れをする手筈《てはず》になっていた賭場に藤吉の手下を潜り込ませたそうです」

手下はわざと兵部に捕まり、藤吉一味だと打ち明け、見張り役に過ぎないから見逃すのを条件に金の隠し場所と一味の人数、昨年の師走二十五日の夜に集まる、と教えたそうだ。

「兵部殿は藤吉と中村の罠とも知らず、急遽捕物に向かったのだな……」

虎之介は猪口を置き、両手を合わせた。

しばし、兵部の冥福を祈って後、

「兄さんへの供養になったじゃないか。仇討ちも遂げたし、今度こそ初手柄だ。冥途の兵部殿もさぞや喜んでおられよう」

虎之介は満面に笑みを広げた。

染み通るような笑顔だ。

民部は感謝の言葉を返し、虎之介にちろりを向けた。

「見習いではなくなっただろう」

虎之介は猪口を差し出した。

「いえ、まだ見習いのままです。出仕して二月《ふたつき》ですからね。学ぶべきこと経験すべきこと、まだまだ山積みです」

民部が謙虚に返すと、

「それでこそ香取民部だ」

虎之介は注がれた猪口の酒をくいっと飲み干した。

鯉のぼり売りの売り声が聞こえてきた。

「気が早いな」

まだ卯月だぞ、と虎之介は苦笑した。

時節の移ろいは速いものだ。

民部は、一日も早く、「見習い」の文字が取れるよう頑張らねば、と自分を鼓舞した。

ところが、

「民部、焦るなよ」

兄兵部の声が聞こえたような気がした。

時代小説

二見時代小説文庫

剣客旗本《けんかくはたもと》と半玉同心捕物暦《はんぎょくどうしんとりものごよみ》1 試練《しれん》の初手柄《はつてがら》

二〇二四年 四 月二十五日 初版発行

著者 早見《はやみ》 俊《しゅん》

発行所 株式会社 二見書房
〒一〇一-八四〇五
東京都千代田区神田三崎町二-一八-一一
電話 〇三-三五一五-二三一一［営業］
〇三-三五一五-二三一三［編集］
振替 〇〇一七〇-四-二六三九

印刷 株式会社 堀内印刷所
製本 株式会社 村上製本所

 ISBN978-4-576-24018-3
https://www.futami.co.jp/

# 早見 俊

## 剣客旗本と半玉同心捕物暦

シリーズ

以下続刊

### ① 試練の初手柄

香取民部《かとりみんぶ》は蘭方医の道を断念し、亡き兄の跡を継いで十手《じって》御用を担ったばかり。武芸はさっぱりの「半玉《はんぎょく》」だが、相次ぐ殺しの探索を行うことに…。民部を支えるのは剣客《けんかく》旗本の船岡虎之介《ふなおかとらのすけ》、叔父・大目付岩坂備前守《いわさかびぜんのかみ》の命《めい》を受け、兵藤《ひょうどう》成義《なりよし》一之宮《いちのみや》藩主の闇を暴こうとしているが、それは民部の追う殺しとも関係しているらしい。そして兄・兵部《ひょうぶ》の死の真相も明らかになっていく…。